JN060505

踊る幽霊

オルタナ旧市街

Dancing Ghosts
Alternative
district

柏書房

踊る幽霊

オルタナ旧市街

CONTENTS

踊る幽霊

［巣鴨］

今はどうだか知らないが、ちょっと前の巣鴨駅では、午後になるとよくストリートミュージシャンが駅前の広場に立って演奏をしていた。いや、ストリートミュージシャンとかいう感じのいい響きじゃなく、南米の山小屋で売っていそうな謎の木管楽器で『コンドルは飛んで行く』を延々と演奏している年齢性別不詳の外国人（通称「アンデス」）や、『夢の三連単』というタイトルのオリジナルソングを大音量で熱唱する中年男性（通称「三連単おじさん」）、ときどき新興宗教団体の勧誘などなど、巣鴨という土地のもたらす牧歌的な印象とは裏腹に、かなりエッジの効いたアーティストたちが駅前でしのぎを削っていた。

一時間近くかかる通学で巣鴨駅を利用していた中学時代のわたしは、同じ東京に住んでいてもじぶんの地元にはないカルチャーに物珍しさを感じていたし、日替わりの駅前アーティストたちを毎日の学校帰り、遠まきに眺めてはおもしろがっていた。『コンドルは飛んでいく』が、サイモン&ガーファンクルの歌ではなく民族音楽が元ネタだというのを知ったのも「アンデス」の演奏のおかげだ。当時駅前に立っていたどの人も、それなりに個性的だったと思う。だが、中でも飛び抜けて風変わり、もはや風変わりという域をこえて、巣鴨の都市伝説と呼んでも過言ではないレベルの人間がひとりだけいたことを、今でも鮮明に思い出す。黒いレースのたっぷりとしたドレスを身にまとい、そして同じく黒いレースの手袋をはめ、極め付きには白塗りに赤い口紅を施した化粧で奇怪なダンスを踊る老婆、「えつこ」である。

「えつこ」はある年の夏に突然巣鴨の駅前に現れて、通勤通学客を恐怖と困惑の渦に陥れた伝説のダンスババアである。彼女のパフォーマンスは身体を左右に揺らしながら辺りをウロウロするだけの、海中で浮遊するワカメのようなふらふら〜っとした捉えどころのない妙な動きがまず特徴だ。音楽はかけない。めかしこんだ我が身ひとつでストイックな勝負に出るあたり、相当肝が据わっている。もはやダンスはさておき、とにかく見た目が怖いのだ。痩せぎすの体にてろりとした喪服のようなドレス姿は、明るい駅前広場ではブラックホールのように目立った。改札を抜けて出てきた人々のほとんどが、その動く黒点を目にするやいなや、ぎょっとして後ずさる。足早に通り過ぎる。勇気を出してすこし近くで見てみると、白塗りの化粧はひび割れて顔の皺からぼろぼろと崩れ、真っ黒なアイラインが眼窩をさらに落ちくぼんだように見せているのがわかった。『アダムス・ファミリー』か、ティム・バートン作品の登場人物のような……すれ違う子どもが10人いたら9人は泣き出すだろうというくらい、とかく不気味な存在であった。路上アーティストならば当然用意するはずの、投げ銭受けなんかもない。ただそこで踊っているだけの老婆。彼女は踊っているあいだじゅうまばたきをほとんどしないのに、真っ赤な口紅を塗った口元だけが人形のように微笑みをたたえているのも、不気味さに拍車をかけていた。

なぜわたしが彼女の名前を知っているかというと、中学生の時に一度だけ話しかけたことがあるからだ。奇妙な老婆の存在は、出現以降クラスメートのあいだでもしばしば話題にのぼるくらいで、ある日の学校帰り、まるで肝試しでもするような感覚で、友だちのあきちゃんと面白半分に話しかけに行ったのだった。

いつものように駅前でふらふらと身体を揺らす彼女の前でわたしたちは立ち止まり、「あの。いつも見てます」とあきちゃんがおもむろに声をかける。老婆はぱたりと動きを止めてこちらを一瞥（いちべつ）すると、「ああ、そうなの」と首をぎぎぎと傾（かし）げた。ぜんまい仕掛けの人形みたいだ。いや、曲がりなりにも公共の場で芸を発表しているのだから、ありがとうとか、うれしいですとか、そういう人はそういうふうにニコッとしながら言うもんじゃないのか……。あさはかな予想を裏切る態度にわたしはけっこう怯（ひる）んでしまったのだが、どうにか臆せずわたしたちは彼女から「えつこ」という名前を聞き出し、いくつかの言葉を交わしたあと、さらにあきちゃんは「どうしてここで踊っているんですか」と果敢に尋ねた。するとえつこは、なぜか質問を投げかけたあきちゃんではなく突然わたしの手をグイッと摑み、白塗りの顔を思い切りこちらへ近づけてこう言ってきた。

「楽しいから踊っているのよ。楽しいの」

顔に刻まれた細かい大量の皺と、そのひとつひとつに乾いた白粉（おしろい）が張り付き、老婆の顔は象の尻のように割れていた。それをいきなり鼻先に差し出され、わたしはびっくりしすぎて言葉を失ってしまったのだが、硬直しているわたしの手をあきちゃんが引ったくり、そのままわたしたちは改札まで全速力で走って逃げた。山手線の車内にすべりこんで、息を切らしながらきっとわたしたちは泣きそうな顔をして笑っていたのだと思う。駅前で踊っている知らない人に話しかけるだなんて、人生のうちで14歳にしかできないことのひとつだと思う。えつこ。どうしてここで踊っているかなんて、思い返せば愚問だ。楽しいってこと以上に理由なんか無くたっていい。あの時えつこの真っ赤な唇から放たれた「楽しいの」という口ぶりだけは、近所のおばあさんや、あるいはじぶんの祖母と何ら変わりない温度を持っているような気がしたのだ。ただわたしの腕をぐいと摑んだ白い手だけは、なぜだか異様に冷たかった。

駅前の得体の知れないダンスババアに話しかけたということで、翌朝わたしとあきちゃんは勇気ある者としてクラスで一瞬だけ一目置かれ、そしてそのことはすぐに忘れ去られた。ほどなくして、学年で一番かわいい女子がある朝教室で『夢の三連単』の「心うきうき、ドキドキ!! 夢の三~連~~単~~!!」というサビのフレーズを何気なく口ずさんだのをきっかけに、『夢の三連単』は当時わが校での超局地的なヒットソングとなった。わたしは今でも歌える。やがて学校を卒業してからは、巣鴨駅を利用する機会はそうそうなくなってしまったのだが、山手線で駅を通過する時なんかには、ふとあの風変わりな路上のアーティストたちを思い出すのだった。

　これを書いている途中、そうすべきかどうかしばらく迷ったのだが、ユーチューブで何度か検索を繰り返すとなんと、えつこと三連単おじさんの姿を映した古い動画にたどり着くことができた。彼らのことを思い出す人がわたしのほかに存在していたことにちょっと安心したし、わたしもこうして彼らのことを断片的にせよ、記録しておきたいと思った。ちなみにその動画は、おなじみ巣鴨の駅前で三連単おじさんが熱唱している前を、えつこがふらふら踊りながら横切っていき、さらに数分後に二人組の警察官が彼らを取り締まりにやってくる……という怒濤のコラボ展開が繰り広げられている。画質は古すぎてざらざらしていたが、めちゃくちゃいい動画じゃないか。

　誰の記憶にも残らなければ、書き残されることもない。それはそれで自然なのかもしれないけれど、身の回りに起こったことの、より瑣末（さまつ）なほうを選び取って記録しておく行為は、未来に対するちょっとしたプレゼントのようなものだと思う。息を切らして山手線に乗り込んだあの学校帰りの日のことを、先日会ったあきちゃんはちっとも覚えてなかったが、覚えていたことすら忘れてしまう、心底どうでもいいことほど後から愛おしくなったりする。

しかし懐かしくなって動画をあらためて見ると、どうにも不自然な場面が映っていた。動画の後半からやってくる二人組の警察官は、三連単おじさんのことはしっかり顔を見ながら取り締まるそぶりを見せているのに対して、そのすぐ脇でやっぱりふらふらと踊っているえつこには目もくれないのだ。警察官の腰のあたりにでも触れそうな距離でズンチャズンチャと心底楽しげに踊る彼女のすがたが、まるで見えていないかのように。

されども廻る

［品川］

朝8時11分の通勤快速に乗ると、ほどよく始業5分前にオフィスに到着することができる。乗り込む列車はいつもほどほどの混雑ぶりで、毎度ほとんど同じ顔ぶれの、それでも言葉を交わす日などきっと来ない他人たちと同じ車両に揺られている。だいたい5両目の端で出くわす女性のかばんが今週から新しくなったことに気がついたので、もしかしたらわたしが髪を数センチほど切ったことにも誰かが気がついているかもしれない。都市間を輸送されているあいだは、じぶんがコンテナに積まれた小さい荷物にでもなったような気持ちになる。おとなしくしているから、家から会社までの道のりがベルトコンベアになっていたら便利なのにと、もう数百回は繰り返した妄想を飽きもせず今日もやる。手足を動かさずに通勤できたならば、あと倍量は眠れるし本も読めるし音楽も聴けるだろうと思ったけれども、今日みたいに出先に直行するような時にはやっぱり不便かもしれないな。目を瞑(つぶ)るとうたた寝しそうだから、虚空(こくう)の一点だけをじっと見つめてやり過ごす。湿度の高い車内は同時にひどく汗くさかった。直行なのだから別にいつもの時間の列車に乗らなくたってよかったじゃないと、今ごろ気付く。乗客を吐き出しては吸い込む運動を繰り返して列車は動く。それが前進しているか後退しているかは定かでない。

　定期券に記された乗換駅をやり過ごして品川で降りる。港南口へ抜ける通路はうつくしく冷たく近代的なアーチを描いていて、そこを通り抜けようとすると、黒服の大群がまるでヌーのようにいっせいに同じ方向に向ってざっざと歩んでいく様子を観測することができますよ。と、頭の中では「ウエスタンリバー鉄道」よろしく軽快なご案内が流れたけれど、それはいくつかの言語で放送される抑揚に欠けた構内アナウンスによってすぐさま掻き消された。人間の声にかぎりなく近い合成音声の反響が、鉄筋を伝って心音をゆるがす。モダンタイムス。街はインスタレーションの連続。出勤する人々のあいだを旅行者のようなそぶりで縫い歩き、駅を脱出して北品川方面へずんずんと進めば、ややもせず旧街道のいかにものんびりとした空気が漂っている。さらにもう少し歩けば、寺と高級マンションが交互に入り乱れる不思議な風景にも出会える。品川はビジネス街とひとくくりにされがちだけれど、それは駅前だけの印象だとも思う。

我が社ごひいきの和菓子屋へ立ち寄って、取引先の重役に贈るための大福餅を手に入れれば、午前中のミッションはおわり。どうして会社のある場所と離れた品川くんだりまで出向かなくちゃいけないんだろう、と、包みとは別にもうひとつじぶん用に買ってみて、店先ですぐさまぱくつく。う、うまい。これは確かに、わざわざ買いに来る価値があるしろものだ。立ったまま口のまわりを粉だらけにして夢中で大福餅をたいらげる奇妙な会社員を、散歩中の犬がじっと見ている。見つめ返すとフンと顔をそむけられてしまった。大福餅の表面は赤ん坊の頬のようにすべすべともっちりしていてかわいい。いつでも取り出して撫でたりつまんだりできるようにポケットに入れておきたいくらい。

つまみ食いをしていたことがばれないように大福餅の粉を念入りにはたいて会社へ向かう。こんなふうにときどきガス抜きのように与えられる外出仕事のことはかなり好きだった。毎日違う場所へ行くのも、家と会社の反復横跳びを続けるのもどちらも疲れるから、このくらい適当な頻度でイレギュラーなおつかいが発生するくらいがほどよい。さっき見た品川駅の通勤集団のことを思い出す。黒服の大群といってもそれぞれに違う仕立てのスーツを身につけている。港南口で最後にすれ違った男性の、襟元に光る何かのバッジが宝石のようにかがやいたのを見逃さなかった。社章だろうか。わたしもあなたも社会の歯車。でも個人的にはそれはさほど感じの悪い響きではなくて、別にぼくらきっかり同じ形の歯車なんかじゃないよねと思う。

　小さいオフィスのなかで、そこでしか通用しないローカル・ルールを守るのは基本的にはうんざりすることばかりだが、会社というのがこういう一定の仕組みで動作するかわいいおもちゃのように思えて無性にいとおしくなる時もある。勤怠申請。稟議立案。会計処理。からくり時計の内部で回る人形のような気分で決まった仕事をこなす。セル結合だらけのエクセルシートの検算。検算ってなんだ。エクセルなのに……。ミスターチルドレンはなんてことのない作業がこの世界に彩りをと優しく歌ってくれているけど、ぬるいことをやってサラリーを得ている自覚があるのでこの歌を思い出すたび心底申し訳ない気分に苛(さいな)まれる。こんなことで彩られてしまう世界があったらそれはそれでたぶん困る。部長に呼ばれる。おととい作った資料の口頭説明をやんなさいと不機嫌そうに言われてぺらぺらと御託を並べているあいだ、部長デスクの脇にある小さい机（そこに部下を呼びつけることが多いので、みんなからは陰で「お説教コーナー」と呼ばれている）を取っ払って柵で囲ってうさぎや亀を飼ったり、赤ちゃんを遊ばせておくスペースに変えたら楽しそうだなと考える。部長も仮にじぶんのデスクの脇にうさぎや亀や赤ちゃんがいたら、さすがに声を荒らげることも減るだろう。いや、そもそも他人に機嫌を取らせる人間にうさぎや亀や赤ちゃんを近づけるのは非道かもしれない。やめやめ。資料のささいな誤字を指摘されてねちねち何かを言われながら、しかしこんな人にも配偶者や子どもがいて、海へ出かけたり季節の花を愛でたりするんだよなと思うと毎度ながら不思議な気分になる。わたしもどこかで似たようなことを思われているのかもしれないけど。淡々と残業。くだらない想像をしているうちにこんな調子で平日はあっという間に過ぎていく。朝早くに起きなければならないことを除けば、わたしはけっこう会社員に向いている。

帰りじたくをとんとんと整えながら、脳みその余剰で書き途中の小説のことを思った。どうにも展開の早い箇所があるような気がして、先を急ぎたがる大きな犬の首輪を引いてどうどうどうとやるような調子で考えあぐねているうちに追加の描写を思いつく。そこで今日ようやくはじめて脳を使った感じがして、気分がいくらかすっきりする。書くことは運動に似ている。行きと違ってがらりと空いた帰りの電車で、小さい画面をとりだして忘れないうちにメモを書きつけたけれど、登場人物同士の会話のなかに、じぶんが過去に他人に放ったひどい言葉を見た気がして喉の奥が詰まる。わたしが描く人間のどれもが、過去や現在や未来のわたしの断片でしかないように思う。じぶん自身を見下ろせば、それはいつだって他者のかたちをしている。そのことからは逃げられないし、逃げるつもりもない。

23時すぎの最寄り駅では、地下鉄のトンネルの向こうから吹き付ける風を浴びながら、ホームで自販機のおしるこ缶を持ったスーツ姿の女性が無心でそれを飲みくだしていた。あなたの今日の支えはそれなんだねと思った。いやなことがありましたか、よくがんばった日でしたか。表情からは読み取れなかったが、なんとなく気になって、彼女がごみを捨てて改札を抜けるまでを近くのベンチに腰掛けてじっと見守ってしまった。缶入りおしるこじゃなくていいけど、わたしも何か買って帰ろうかなと、明かりの落ちた駅前でただひとつ煌々（こうこう）とひかるコンビニの入り口をくぐる。ここももうすぐ24時間営業を取りやめるらしい。まあきっとそのほうがいいでしょうね。こんなふうに残業の日、コンビニが閉まるのでもう帰りますと言えるかどうかを脳内でシミュレーションしたけれど、ギリギリ無理かもしれないな。果汁ジュースのパックを取ろうとして冷蔵ケースをのぞきこむと、側面についた小さい鏡のなかでじぶんと目が合ったのだが、なんと口の端にわずかに大福餅の白い粉がくっついていることに気がついて脱力する。品川から遠路はるばる、よくやってきましたね。これは部長にばれてたかもしれないな。

反芻とダイアローグ

［水　戸］

お盆期間は夏休みの帰省客を横目に、仕事道具を一式背負って水戸まで急遽一泊出張へ。本当は翌週の予定だったはずが、台風が来るというから予定が早まったのだ。ああそうですかと胸のうちで唱えて、動じることなくサッと手元のスマートフォンで特急券や一人分の宿を手配して列車に乗る。きっとわたしも他人の目からは、盆を前に故郷へ向かう人間に見えていたと思う。やれやれと声に出してつぶやいてみるけど、本当のところは別段たいして苦労とも思わなかった。出張は好きだし、しかも水戸といったら、祖母の家に向かう時に通過する途中駅である。慣れ親しんだ常磐線特急のたらりらりんという独特の発車メロディがどうにも懐かしく、ほとんど夏休みのような気分で窓側の席に陣取る。東北の小さな港町にあった祖母の家の、しんと静かな台所でよく冷やされたきゅうりの匂いをふと思い出した。

上野駅を出て列車は北上する。新幹線よりはいくぶん緩慢な速度で通り過ぎていく風景のなかに、子を抱いた父親の姿や、団地の壁面に当たる夕陽のかがやきを認めて感傷的になる。こういう時間に出会うと何か書きたくなるなと思った。日々のサンプリングによってじぶんの文章と呼べるものが生まれている。快適な自宅にこもっているのは好きだが、肉体の移動を続けなければわたしはやがて何も書かなくなるだろう。

お盆のわりに新幹線を使わず北へ向かう人間などさほど存在しないようで、わたしの前後左右に乗り込んでくる者はいなかった。うたたねする間もなく、途中の停車駅を挟まずして1時間少々で水戸に着く。本当にただ前泊のつもりでやってきたので、到着すると既に20時を回っていた。駅前のたいていのレストランはもう閉まっていたし、翌朝も早いのでひとりで酒を飲む気にもならず、夕食には結局駅から5分ほど歩いた道路沿いのロイヤルホストへ。お腹もたいして空いていないしライトミールだけ頼んでさっさと帰ろうと思ったのに(これは半分ウソで、実のところはロイヤルホストに久しぶりに入ったら案外どれも値段が高くてびっくりしてしまっただけなのだが)、

「ご注文は以上でよろしいですか？」と聞かれたら、真っ先に口が動いてホットファッジサンデーを頼んでいた。こういうのを深層心理と呼ぶのだと思う。疲れていて、甘いものが食べたかったのだ。ライトミールをたいらげると、奥のほうからおばあさんと形容してもいいような年齢のお上品なホールスタッフが皿を下げにやってきて、「うふふ、じゃ食後のデザートをお持ちしましょうね」などとにっこり微笑むので、なんだか急に80年代のアメリカ映画でも観ているような気になった。ダイナー風のレトロなソファ。控えめな暖色照明。かわいいエプロンを身につけたグレイ・ヘアのウェイトレス。意図せずして、翻訳されたような日本語とシチュエーションにときどき立ち会うことがある。ロードムービーの主人公だったらここで彼女の身の上話でも聞いて、そのうちこれが運命的な出会いだったことに気がついたわたしたちは、ロイヤルホストを飛び出して二人でヒッチハイクの旅に出たかもしれない。冴えない兼業作家とベテランウェイトレスが紡ぐひと夏の冒険。いや、飛び出した先が常磐道では格好がつかない気がするけど……。

　どうでもよい空想で頭が満たされる寸前でホットファッジサンデーが到着する。これは２種類のアイスクリームとビスケット、ローストしたピーカンナッツが敷き詰められたサンデーに、上からホットでファッジなチョコレートソースをかけて食べるという素敵なしろもので、三口目まではぱくぱくとおいしくいただいたが、途中からは咀嚼（そしゃく）の最中で赤ん坊みたいに眠たくなってきて、ちょっと残してしまった。なんだかんだ疲れたのだ。元気な時にまた食べたい。

ホテルはあらゆる設備が古びており、なによりもシャワーの水圧が弱くて残念だった。備え付けの小さいテレビで、ふだんは見ないバラエティ番組をつけたり消したりして眠りにつく。

翌朝は6時に起きて、そこからさらにローカル線で1時間半ほどかけて訪問先へ。遠くから来たということで手厚く歓迎してくれて、ジュースやお菓子などなぜか仕事とはあまり関係のないおみやげまでたくさんもらって出張仕事はおしまい。実に順調。帰る前に久慈（くじ）川の水に触ってみたいなと思い立ち、すこしだけ水遊びをして帰ることにした。せっかく来たのだからね。いい大人だがそういうことばかりして暮らしている。ちょっと同僚には言えないが、出先のタスクはさっさと終わらせて空き時間を捻出しては、道中の喫茶店でアイスやケーキを食べるのがわたしのスタイルである。ノーワーク・ノーペイというのが仕事の原則とわかってはいるけれど、仕事と遊びの境界というのは実のところ誰にも線引きできないように思う。めまぐるしいけど今のところ、いい仕事についている。

降り立った河原はキャンプ場になっていて、いささか辺鄙（へんぴ）な場所にあるので混んでいるというほどでもなかったが、夏休みらしくいくつかの家族連れや大学生風の集団が楽しそうに過ごしていた。まもなく日没という時間帯で、傾いてきた陽射しが水面（みなも）にやわらかく反射してきれい。浅瀬を見つけて、ズボンの裾をまくって足をひたす。いい具合につめたくて気持ちよかったし、半透明の水は上出来なゼリーのように澄んでいた。もうすこしくらい奥に行けそうだな、と思って対岸に向かって進んでみると、川の奥のトンネルのように暗くなった洞（ほら）から、一瞬だけおそろしくつめたい空気がざあっと流れてきておどろく。沢の向こうは、山肌に沿って冷気が降りてくるのだ。その時はまだ周囲が明るかったので、天然のクーラーだ！　などと言ってよろこんだが、あとちょっとでも暗くなったらかなり怖いだろう。

親に手を引かれて川岸を歩く、まだ足取りのおぼつかない子どもたちと幾度かすれ違う。何年か前の、キャンプ場で行方知れずになった女の子の事件をふと思い出した。街とは異なりこういう場所には道らしい道がないし、鬱蒼（うっそう）と茂る木々はわざと何かを隠したがっているようにも見えた。ここで落とし物なんかしたら絶対に自力じゃ見つけられないだろう。浅瀬できゃっきゃと泳ぐよその家の子どもたちを眺めながら、溺れたりはぐれたりした子がいないかやけに気になってしまい、頼まれてもいないのにライフセーバーの真似事をしてなんだか疲れた。

ローカル線の本数が少ないおかげで、帰るころには終電近い時間になってしまった。行きに見た景色の、夜の姿はどんなだろうと思っていたのに、帰りの特急列車ではさすがにくたびれて上野までぐっすり眠った。列車を降りたら、もうとっぷり日が暮れている時間なのに蒸し暑く、途端にうんざりする。べったりとした暑さと、視界を占める無数の人々のすがたに、それでもわたしは内心ほっとしていた。東京に帰ってきたのだ。つい数時間前にわたしの肌をひたひたとつたった、沢の奥から流れるあの冷気のことは、きっと来年も思い出すだろう。

スクラップ・スプリング

［御茶ノ水］

どうやら春一番が吹き付けているのがまさに今この瞬間といったところらしく、上空でビニール袋やレシートがほうぼうで飛び散らかっていくのを横目に、御茶ノ水駅前ににょっきりそびえるオフィスビルの屋外テラスで、鼻水をずびずびすすりながらハンバーガーにかじりつく。我ながら気分の悪い昼食タイムだった。花粉症であるという理由のほかに、どこもかしこも混んでいるというのもあって春のことはあまり好きになれない。

御茶ノ水付近の会社で働いていたころは、昼休憩のあいだに駅前で昼食をとったあと、丸善で新刊を物色するのがルーティンだった。だが、駅前の規模感のわりに大学もオフィスも多い御茶ノ水のような場所では、新入学生や新入社員の歓迎会があちこちで開かれているおかげで、4月の平日に外食でもしようものならこんなどこにでもあるハンバーガーショップですら、電話予約を入れたくなるくらいに空席を見つけるのは至難の業だった。おまけに春はクレーマーが増える時期だと聞いたことがあるが、本当にその通りなのである。今日はマクドナルドの激混みのレジで、ほとんど癇癪(かんしゃく)を起こしたように、えびフィレオとフィレオフィッシュの違いを執拗に尋ねる人がいてうんざりした。レジの店員も困惑しているようだったので、わたしが割って入って味と値段の違いを教えてやりたい気分だった。あなたが知りたいことはなんですか。本当はえびフィレオとフィレオフィッシュの違いなど、とうにわかっているのではないですか。コーヒーでも一杯いかがですか。

　鼻をかんでトレイを片付けようと思ったら、びゅうと強い風が吹き付けて、くちゃりと丸めてあったダブルチーズバーガーの包み紙がどこかに飛ばされてしまった。探して拾おうと思ったが、本当にどこかにいってしまったようだ。ごめんなさい。目も鼻もかゆいし、今日は丸善には寄らないでさっさと引き上げよう。店内の席が空いていないからといって、テラスに無理して座ったのは間違いだったかもしれない。でも今日のお昼はどうしてもマクドナルドの気分だったのだ。御茶ノ水の駅前というのは前述の通りたいして広くもないわりに、御茶の水橋側にロッテリア、聖橋（ひじりばし）側にバーガーキングとマクドナルドといったように、主要なハンバーガーチェーンが3つもあってやけにバラエティに富んでいる。次はファーストキッチンが来てくれれば安泰だ。至近距離にこれだけハンバーガーショップがあっても各店ほどほど繁盛しているように見えるのは、どの店もたがいにほぼ代替不可能であるからだと思う。今日はマクドナルドの気分、と思ったら、それはバーガーキングやロッテリアでは代替することができないのだ。

御茶ノ水にマクドナルドが復活したのはわりあい最近（もともとは現在のバーガーキングの場所にマクドナルドがあったという、熾烈な競争のあとが垣間見える）のことだが、その前に入っていたテナントがなんだったかはさっぱり思い出せなかった。案外変化の激しい駅前だと思う。同じく駅前のロッテリアのすぐ脇、すこし奥まったビルの1階はラーメン屋が入居したばかりだったが、あっという間につぶれてしまった。その前は居酒屋だった。ここは何が入っても全然続かないから、新しいテナントが入るたびに今度は長く続くといいですねとささやかに祈る。でもこのビルにできるいずれのテナントにも、一度たりとも入ったことはない。駅前で便利な立地にあるとはわかりつつ、どういうわけか心理的になんとなく入りたくならない場所なのだ。なぜと問われたら答えに窮してしまうけれど、こういういわく付きの場所というのはどこの街にもあるんだろう。ラーメン屋の看板に「×月×日をもって閉店しました」の簡素な貼り紙がされたその日、そのすぐ下には店の人が忘れていったのか、呼び込み君（店舗販促でよく使われている、キュートな顔の小型スピーカー）がひとりで置き去りにされていてかわいそうだった。呼び込み君を使っても集客できなかったラーメン屋。「ポポーポ♪ポポポ♪」というあの独特のメロディはもう流れることなく、呼び込み君の貼り付いたような笑顔だけがつめたい地面に転がっていた。その邂逅がやけに詩的なもののように思えてしまい、以来、外で仕事をしている呼び込み君を見かけたら写真におさめることにしている。意味のない遊びの集積が人生をいろどる。人は意味のみにて生きるにあらず。

御茶ノ水駅前は聖橋口の大規模な改修工事とほぼ時期を同じくしてすさまじい速度で破壊と再構築が繰り返され、今となってはわたしが入社した時の様子とはかなり変わってしまった。毎日通っていたわりに思い入れはさほどないので、特になんとも思わなかったけれど、駅前には5、6階建てくらいの、なぜかロシア風の宮殿みたいなへんてこなビルがあったことだけは印象深かった。サンロイヤルビルという名前のその宮殿は、雑居ビルだらけの駅前でやたらと存在感を放っているのでよく目立っていたが、ちょっと見ないうちにあっけなく解体されてしまった。高校生のころ、模試の会場へ向かうのにはじめて御茶ノ水に降り立った時、わたしはあのへんてこなビルのことをニコライ堂だと勘違いしていた。あれが教科書にも載っていた有名なニコライ堂かあ。と思いつつ、宗教施設にしてはやけに俗っぽいテナントばかりが入っているし、変なの！　と長らく思っていたのだが、ふつうに違った。ニコライ堂はそこからもうすこし進んだ先に、サンロイヤルビルの数倍の敷地で今も立派にこの地を見守っています。

　サンロイヤルビルの中身は上から下まで全部居酒屋という、ロイヤルな外観には到底そぐわないおかしなビルだった。どうやら70年代の建築だそうで、その昔は名曲喫茶だったらしい。中には見事な螺旋（らせん）階段が設（しつら）えてあって、わたしがここの居酒屋に通っていたあいだ、数多くの酔っ払った上司がよくそこで目を回して転がり落ちていった。ご多分に漏れずわたしも何度か転がり落ちたことがある。

そんな華麗なサンロイヤルビルの居酒屋の上から下までぜんぶを順番に制覇して、どの店もよく通った。元気がありあまっていたのでよく飲んでいた。なかでも5階にあった日本酒のうまい店のことはいっとう気に入っていたので、店長にも顔を覚えられていた。うれしいことのあった日には一緒によろこんでくれたし、落ち込むことのあった日にはすぐさま見抜いて気遣ってくれた、恰幅がよく腰の低い店長。ビルがなくなるというのを一番最初に教えてくれたのもその店長だった。御茶ノ水を離れたあとは町屋（まちや）のほうで別の店を持ったらしい。店が閉店したすぐあと、小川町（おがわまち）の交差点でばったり出くわしたきりだった。あのころよく飲みに行った先輩たちと、今度絶対また店長に会いに行きましょうねと言いつつ、なんとなく足を運ばないまますっかり数年が経った。本当はたいして行きたくないのかもしれない。会社の近くの、ちょうどいい酒場であったというだけだ。町屋の新店祝いに駆けつけていれば生まれたかもしれない交流の輪というものを想像してなんとなく億劫（おっくう）な気持ちになり、じぶんの薄情さに嫌気がさした。もう店長もわたしの顔などすっかり忘れてしまっただろう。

サンロイヤルビルのあった場所の、ジェンガのピースをそこだけ抜き取ったような空白を横切る。ふたたび強い風が吹き付けて、土埃（つちぼこり）が舞い上がってくしゃみが出た。どこからか飛ばされてきた新聞紙の切れ端が街路樹に引っかかってばさばさと音をたてる。さっきわたしが見失ったダブルチーズバーガーの包み紙も、どこかに転がっているかもしれない。誰かの足もとを、ケチャップで汚していないといいけれど……。

脇の銀行ＡＴＭコーナーから出てきたおじさんが、自動ドアをびしばし蹴りつけながら何かに文句を言っていた。皆この甘ったるい陽気にいらいらしているのかもしれない。脱皮ができたらどんなに気持ちがいいだろうと思うくらい、身体の内側がもぞもぞともどかしいような気になるのが春。なるべく大勢の人がいる場所で椅子を投げ飛ばしたり、大声で叫んでみたくなったりするのが春。ちょっと気取ってみたくなんかならないよと、赤くなった鼻をこすりながら交差点を駆け足で渡る。

午前8時のまぼろし

［駒込］

取引先の都合でときどき回ってくる、うんと早朝の仕事はまだ寒いし眠いし外も暗いのでとにかく面倒だけれど、終わってさえしまえばその日いちにちはなんだかもう安心という感じがするし、時間があれば喫茶店で一服することもできるので決してきらいではない。

その日は真冬もまっただなかのひどく冷え込む朝だったが、日の昇りきらないうちから田端で2時間だけの仕事を無事に終えられてわたしはすっかり安心していた。新しく導入してもらったわが社のシステムの動作確認。取引先の終業後か、始業前のどちらかに行かねばならず、迷ったけれども始業前の時間を選んだ。デジタルなんだかアナログなんだかよくわからない作業だが、疲れ切った深夜に作業するよりは、朝のほうがいくぶんマシだ。手はすっかり冷え切っていて、口から吐き出す息は煙のようにもくもくと白かった。底の厚い靴を履いているのに、アスファルトのひやりとした感触が足裏に伝わってくるような気さえした。もう眠くはないけれど、熱いコーヒーの一杯でも飲みたい気分だ。夏はビール、冬はコーヒー。現場仕事のささやかなごほうび。駅からいささか離れた住宅地はしんとしていて、ジョギングをする人や、犬の散歩で出歩くわずかな人々としかすれ違わず、昼間の薄ぼんやりした空気とは違って冴えわたるようなすがすがしさだった。朝いくらでも寝ていていいと言われたらいくらでも寝てしまうたちなので、一日のうちで深夜だけが地の果てのような静謐（せいひつ）さをまとっているような気でいたけれど、こうして時たま早朝の仕事が入るたび、朝だって雪原のように静かだとわかるようになった。そもそも一日を継ぎ目なしに考えてみれば、深夜と早朝は連続したひとつの時間軸の線上にあるのだから当然といえば当然なのだが。早朝の街ですれ違う人たちは皆そのことを、わたしが知るよりもずっとずっと前から知っていて、ひそやかに共有していたのだ。

　やけに明晰な頭で田端から駒込へ向かう道すがら、数メートル先の商店で、小さいおじいさんがせっせと軒先に角食パンを並べているのが見えた。よく目をこらしてみると、店の前に設えたスチールの棚には同じサイズの角食パンが等間隔に鎮座して、ほかほかと熱い湯気を放っていた。なんだ、ここは。ぎょっとして立ち止まると、今度は別の小さいおじいさんBが奥から出てきて、袋に入った菓子パンのようなものをまたせっせと軒先に並べはじめた。ここってパン屋さんだったんだ。アルミサッシの戸に白茶けたファサードがかかっただけの素朴なたたずまいだったが、近寄ってみればなるほど小麦の香ばしいにおいがした。パン屋さんと言ってもたぶん業務用が主で、わたしのような一般人が買えるものは店先にちょこっと出ているものだけみたいだったが、おじいさんが並べていたロールパンが気になってひとつ買ってみることにした。ひと袋２００円。すいません、とサッシの戸をあけて店の奥に呼びかけると、さっきのふたりともまた違うおじいさんCが出てきたのでにわかに緊張が走る。こんなのまるでヨーロッパの寓話みたいじゃないか。もしこれが寓話の世界であったなら、3人の小さいおじいさんが営むパン屋にやってくるべきなのはさしずめお腹を空かせた動物の子どもであって、わたしのようなとりたてて特徴のない旅人Aなどは、だいたい釣り銭をちょろまかしたりおじいさんに乱暴を働いたりして最終的にひどい目に遭うちんけな役回りである。脳内のやましい煩悩をなるたけ振り払い、つとめて丁寧にぴったり２枚の銀貨を差し出す。おじいさんCは愛想よくビニール袋にたんまり入ったロールパンを手渡してくれた。これは会社に着いたら朝ごはんとして独り占めするつもりだったのだが、善行としてちゃんと同僚や後輩にも分けてあげよう（いらないかもしれないけど）。何事も起こりませんように。そういえば、軒先にお行儀よく並べられた食パンのことを聞きそびれてしまったな。あんなふうに無防備にできたてのパンを並べておけるなんて、このあたりはきっと治安のいい街なんだろう。いくらなんでもハトやカラスなんかは狙いを定めていそうなものだけれど、その気配すらないのには恐れ入った。白雪姫のごとく、ラランと鳥たちと一緒になって歌いながらパンを焼く3人のおじいさんというメルヘンな想像をしてすこし笑う。

さてモーニング・ロールパンを独り占めせず民たちに分け与えることを決めてしまったので、わたしのためだけのモーニングを実行せずには出社したくない気分だった。駒込駅からだらだらと延びる商店街の一角の、小さいケーキ屋のこれまた小さい喫茶スペースで、わたし自身がここにいることの正しさを確かめるためにモーニングセットを注文する。斜向かいに座っていたツイードの上着を身につけたおじさんが、新聞片手に「Aセットコーヒー、砂糖ひとつ、ミルクはいらない」と淡々と注文しているのを盗み聞きして、真似して同じような注文をしてみる。ほどなくして過不足のないセットがやってくる。待ちに待った熱いコーヒーを胃の中にすっかり流すと、手や足の先に血液がどくどくと巡っていくような感覚をおぼえた。うつくしく角を落とされた厚切りのトーストへバターを均等にぬりつけて、ぱかりと口をあける。これはもしかしてさっきの店の食パンだったりするんじゃないかな。誰かに見られているような気がして、しゃんと背筋を伸ばしたまま、指先に注意を払ってそれらをたいらげた。あたりを見回してみれば既にわたしのほかに客はいなかったし、誰もわたしのことを見ている者はいなかった。きっとずいぶん昔から置かれているだろう、下げ台の古ぼけたうさぎのぬいぐるみと目が合った気もしたが、それは自意識過剰というものだろう。脇にはばらのレリーフをあしらった、こちらも充分に古そうな置き時計が気ままにこちこちと秒針を鳴らしていた。8時。

皿を片付けて、うさぎへ向かってやあどうもねと目くばせをして会計に立つ。裾に落ちたパンくずがすこしこぼれて、ざらりとした感触が手をかすめた。わたしの痕跡などはたどられることもなくやがて消え去ってしまうでしょう。じぶんのもといた席を振り返ってみれば、硝子窓からミルクのような波状のひかりがやわらかく注いでいて、しばし見惚(みと)れる。

生活のレッスン

午後からとなり町のショッピングモールに歩いて出かけた。自転車でもよかったが、歩いているほうがおもしろいので基本的にはいつでも歩く。道ばたで寝ている犬がいたので、近づいてみたけれどもわたしの気配を察すると逃げてしまった。毛並みのよいゴールデンレトリバーだった。犬を追いかけた拍子に入った路地の向こうがわに、ばらの咲いている立派な家を見つける。こんな家、あったかな。表札を見るに、ここはどうやらピアノのお教室らしい。ばらは門扉の前にアーチの形でよく手入れされていて、吸い込まれるようなうつくしさだった。真紅の花びらは、上等な布地のようで触りたくなる。人の家のばらだから我慢するけど。葉の先にすこしだけ顔を近づけてみると、氷のようなにおいがした。門扉の向こう側からは、ぽーん、ぽーんと、かすかにピアノの音が聞こえてくる。きっとまだ習いたての、小さな子が弾いているんだろう。

老犬とケーキ

［東陽町］

東東京で生まれ育ったわたしにとって、東陽町といえば運転免許センターでおなじみの街である。埼玉県民にとっての鴻巣、神奈川県民にとっての二俣川と同じような存在であるが、東陽町には免許センターのほかにも江東区役所やら図書館やら公共の施設が大集結しているので、人通りも多いしおいしい飲食店もなにげに充実している楽しい街なのだ。ちなみに普通自動車の免許を取るために教習所へ通っていた学生時代、学科試験を舐めすぎて2度も落第したことがあるというのは、身内には絶対に言えない秘密である。実技ならともかく、テキストをまじめに覚えればたいてい合格できる座学で落第したことがあるだなんて一族の恥である。まあ、そのおかげで東陽町には多少土地勘があるのだが。

そのこともあって、わたしのように交通ルールをろくに理解していない人間は、あまり車の運転などしないほうがいいのかもしれないという不安がその後もずっとつきまとっている。最後にハンドルを握ったのは、数年前の宮古島旅行でレンタカーを借りた時だった。両脇にざわわざわわとさとうきび畑が広がる法定速度20㎞の道で、後ろからやってきた農業用の軽トラにクラクションを鳴らされてからというものの、もう運転はしないほうがいいかもしれないと悟ったのだ。というわけで一応運転免許は持っているものの、わたしは見事なベテランペーパードライバーである。

先日、江東区役所まで用事があったので、役所のすぐそばにあるいっとう好きなケーキ屋に足を運んだらなんと定休日だった。がーん。ついてない。もうすっかり生ケーキを買おうか焼き菓子にしようか、いつも気になっているけど買いそびれるパンやデニッシュにも手を出してみようかとあれこれ考えていたのに。ああ残念だなあと定休日を示した看板を悲しく見上げていると、横丁からジャケットを着た男性がこちらへ向かってつかつかとやってきた。あなたもケーキですか、残念ですけど今日は定休日みたいですよ、と心の中でつぶやく。ところが男性はわたしにも定休日の看板にすらも気にせず、ケーキ屋のドアをいきなりがちゃがちゃと押したり引いたり、店の周りをぐるぐる回って中をのぞきこみはじめたではないか。下見に来た強盗かと思うほどあやしい動きだ。もっとも本当の強盗はこんなふうに白昼堂々正面突破してこないと思うけれど……。一体なんなんだ。あやしい！

男性は明らかに従業員でもなさそうだったから、あの、今日はここ、お休みみたいですよ、とさりげなく声をかけると、男性はそこではじめてわたしの存在に気がついたような顔をして、はっと向き直った。ええと、実は定休日だけど受け取り予約をしていて。ここから入っていいと言われたんですけど、開いてないみたいですねえ、と眉を下げて困った顔で男性は笑う。さっきまでの強盗のような剣幕が別人のように、のどかな返事に逆に気圧（けお）されてしまった。ああそうなんですね……とだけ返して、じぶんから話しかけたくせに途端に居心地が悪くなってその場を後にする。ケーキを受け取りに来た人に悪いやつなんていないよ。むしろ定休日にもかかわらず、特別に店に入る権利を有する男性のほうがわたしよりも優位な存在である。誰も悪くないのに、ちょっとだけみじめな気分になった。すこし道を進んでから振り返ってみると、店のシャッターはわずかに開いていて、ぺこぺこ頭を下げる従業員に招かれながら、明かりのついていない薄暗い店の奥に入っていく男性の姿がみえた。いいな。未練がましいので、しばらくケーキ屋を正面に見つめながら後ろ向きに歩いた。今日は本来の用事よりも、あの店のケーキを買って帰ることにほとんど比重を置いていたようなものだった。そのわりに定休日を調べなかったのだから、わたしが間抜けなだけなのだけれど。ちくしょう、区役所なんて明日行ったってよかったのに。後ろ向きで歩いているので当然、途中で電柱に頭をごつりとぶつける。へこむ。

　天気もよかったし、東陽町からそのまま地下鉄へ乗り込んですごすご帰るのも癪だったので、そのまま木場まで歩いてみることに。たいした駅間ではないので、地下を走る東西線と並行するように文字通り東西にびよんと伸びる永代通りをまっすぐ歩けば、やがて木場に到着する。どこかでいい感じの喫茶店でもないかしら、と路地をうろうろしていたら、向こうからやってきたりりしきランドセル姿の少年がひとり、焼き鳥の串を片手に歩きながら小粋にぱくついているものだからたまげた。駄菓子だとかソフトクリームならともかく、下校途中に焼き鳥である。渋すぎる。生まれてこのかた東京に暮らして数十年になるけれど、「江戸っ子」というフレーズの一番似合う地域というのはやっぱりこのあたりではないだろうか。歩けばじきに深川だ。江戸っ子はちげえや、となんだか妙に感心してしまった途端、焼き鳥少年はすぐ目の前の家で水まきをしていたおばあさんに、あぶないから座って食べなよ！　と軽やかに叱られていた。男の子も男の子で、けろっとした顔をして、はぁーいとわかってるんだかわかっていないんだか絶妙な返事をして駆けていった。下町人情だなんて言葉はなんだか薄ら寒くて好かないけれども、こういうからりとしたコミュニティは健康な感じがして見ているだけで元気がわいてくる。細い川に架かるちょっとした橋がいくつもあって、そこを渡る時に見える、すうっと抜けのいい水辺の景色も気持ちがよかった。小さな街のそこかしこに、惜しみなく水路がはりめぐらされている。江戸時代は舟運（しゅううん）が盛んだった地域なのだ。東京のヴェネチア。いや、それはさすがに言いすぎか……。

　ヴェネチア気分にひとしきり浸（ひた）ったら機嫌がよくなったので、駅前に見つけたコーヒーショップですこしだけ休憩することにした。アイスミルクの氷をざりざりとかき回しながらかばんに入れていた文庫本をめくっていると、隣の席に座ってきたふたりのおばさんの大きい話し声がやけに気になる。「でっさぁ～、アタシはもうそれは絶対ダメだよって言ったのね、あとから後悔するよって。知らないよって。勝手にやっちゃうのよいつも」「昔は毛も黒かったんだけど、最近やっぱり歳取ってきちゃってね、シミみたいな斑点も出てきちゃって」「口もくっさいしホント困っちゃう！」と、ケーキの銀紙についているクリームを匙（さじ）でせっせとなめとりながら、かなり辛辣な悪口をものすごい早口で交わしている。ヒッヒッヒと笑いながら最高潮に盛り上がっているその会話に聞き耳を立てながら（そうでなくとも勝手に耳に入ってくるのだが）、やれやれ夫の悪口かな、程度に思っていたのだが、しばらく聞いてみれば、さっきからふたりはどうやら飼い犬の話をしているらしかった。最終的におばさんたちは互いに岩波新書くらいはあるどでかいスマートフォンで、めいめいの愛犬の写真を見せあっては西洋絵画の貴婦人のように微笑んでいた。

　老犬には老犬の愛らしさがあるわよね、というようなしみじみした結びで、彼女たちはとっくに中身のなくなったコーヒーカップを飲み干す動作を2回ほど繰り返したのち去っていった。騒がしくってちっとも読書ははかどらなかったけれども、あんなに愛のこもった飼い犬の悪口ははじめて聞いた。ときどきこうやって、見ず知らずの人同士が交わす会話の中に、うつくしいものを見た気になることがある。上質な落語をたしなんだ後のようなさっぱりとした心持ちで、わたしも続いてコーヒーショップを出る。ついてない日だと思ったけど、案外そうでもなさそうだ。もしケーキを買ってそのまま帰っていたら、この一席には立ち会えなかったのだから。

タチヒの女

［立川］

毎週のようにとはいかないけれど、それなりに劇場で映画を観るほうである。むしろん映画も好きだが、映画館という空間そのものが好きだ。学生時代は映画館でアルバイトをしていたというのもあって、あちこちのミニシアターへ足を運んでいた。そのころは背伸びして単館系のしっとりした作品ばかりを観ていたように思うけれど、どちらかというとしょうもないB級パニックやアクション映画のほうがよっぽど好みであるということに最近やっと気がついた。映画の好みと、小説やエッセイの好み、それからじぶんで書くものの雰囲気というのはそれぞれちょっとずつ違うなと思う。これはわたしの好きそうな感じだと思っても、実際そうでもなかったということはよくあるし、その逆もまた然り。そもそもじぶんのことなどさほど理解はできていないのだ。常に複数形で立ち現れるわたしと毎日毎時、うんざりするほど対峙することでなんとなく一個人としての輪郭ができあがっていくような感覚がある。好き、きらい、そうでもない、どうでもいい。じぶんの中の揺らぎを捉えつづけるのにも骨が折れる。劇場だって、どちらかというと気兼ねなくポップコーンを買って座席で食べても誰にもいやな顔をされなさそうな、ほどよいシネコンのほうが性に合っているかもしれない（そもそも劇場で売ってるものを劇場で食って文句を言われる筋合いなどないのだが……）。考えてみればじぶんがアルバイトで働いていた池袋の劇場だって、広すぎも狭すぎもきれいすぎもしない、いい意味で適当でほどよいシネコンだった。じぶんにとってほどよい場というのは、案外見失いがちなものである。

　そんなほどよい映画ファンたるもの、東京に住んでおきながらただの一度も立川シネマシティに訪れたことがないというのはなんだかもぐりのような気分だった。ずいぶん前に『マッドマックス　怒りのデス・ロード』の爆音上映という、当時はまだめずらしい上映方式によってこの劇場のことを知って、それ以来ずっと気になっていたのだ。爆音上映の発祥は立川シネマシティではなく、吉祥寺のバウスシアターだそうだが、バウスシアターはもうないし、爆音上映といったらやっぱり立川のイメージがあったのだ。そんなわけでいつも気にはなっていたけれども立川は自宅からけっこう遠いし、映画を観に行くためだけにひとりでのこのこ出かけるには腰が重たかった。だが、コロナ禍で好きな劇場や喫茶店や書店がもぐらたたきみたいに次々と閉店を余儀なくされているのを見ているうちに、これは悠長なことは言っていられないぞと思ったのだ。ほどよい場所ほど唐突になくなる。行きたいと思った時に行かなくちゃだめなのだ。いつまでもあると思うな劇場と喫茶店と書店。あと居酒屋もね。

　というわけで、ちょうど爆音上映にふさわしい『ミッション：インポッシブル』の新作がはじまるというので、満を持してチケットを取ってみた。おそらくはじめて降りた立川駅前は、ペデストリアンデッキが土星の環っかみたいににゅーんと伸びた不思議な形をしていておもしろい。デッキの西側にほぼくっついた格好で、多摩モノレールの駅が南北に貫通しているのも魅力的だ。いろいろな場所から上り下りできる階段や渡り廊下がついている建造物というのは、それだけで秘密基地のようでわくわくする。モノレールにも乗ってみたくなったが、今回はシネマシティに行くという大義があるのでおあずけだ。

まずはシネマシティの場所を把握しておこう、と地図を見ていると、シネマシティには「ワン」と「ツー」があり、それぞれ建物が分かれているようだった。ありゃ、わたしが取ったのはどっちだったかな、と予約確認のメールをあらためて開いてみると、目を疑うような事実が発覚した。なんと粗忽（そこつ）なことに、わたしは立川シネマシティの上映回ではなく、間違ってたらぽーと立川立飛のTOHOシネマでの上映回を予約していたのだ。いくらなんでもそんなことあるかい、と思うだろう。「立川ミッションインポッシブル　爆音」とだけ検索して、おおちょうどいい時間の回があるぞ、と思ってそのまま予約してしまったのだ。しかも、まぎらわしいことに、立川立飛のTOHOシネマには「轟音（ごうおん）上映」という名前がついていた。わたしが予約をしたのは、立川シネマシティの爆音上映ではなく、立川立飛のTOHOシネマの轟音上映だったというわけ。ね。けっこう似てるだろう。

しかし完全に勘違いだ。わたしの中では立川と言えばシネマシティだったのだから、立川市民の諸賢には大変失礼だけれども、ほかに劇場があるだなんて思いもしなかったのだ。頭の中では分身したふたりのトム・クルーズがウインクしながら戦闘機に乗り込んで空中をぐるり旋回する。いや、それは『ミッション：インポッシブル』じゃなくて『トップ・ガン』のほうか……。

映画のオンラインチケットというのは一度決済したら返金がきかない。だからここで気がついたところで、もう今から予約を取り消すわけにもいかなかった。ああ、あこがれのシネマシティのために立川に来たのに、わたしは一体。それにしても、立飛。たつとび？　たっぴ？　見慣れない地名は、どうやら「たちひ」と読むらしい。立飛のららぽーとというのは立川駅から歩いて行くには絶妙に遠い、モノレールで2駅先の場所にあった。がっかり。脇にそびえる立川シネマシティに後ろ髪を引かれながら、おあずけのつもりだったモノレールに乗り込む。

立飛駅を降りてみると、目の前には巨大要塞のようにららぽーとがそびえ立っている。これはもう立飛駅じゃなくてららぽーと駅に改称したほうがいいんでないの、というくらいの存在感である。立飛というのは地名だと思ったけれども、住所表記を見ると、このあたりは泉町（いずみちょう）という地名だった。立飛とは地名ではなく、かつてここにあった立川飛行機という会社の名前に由来があるそうだ。検索結果に表示される「大戦前は軍用機もここで作られていた」というところまでを読んで、画面から目を離す。そうか、立川には米軍基地があったのだな。のどかな郊外の街という印象ばかりあったけれども、せせこましい都心部に作れないような大きい施設はこういう場所にあったのだ。かの有名な昭和記念公園も、もとは立川飛行場の跡地だとは知らなかった。

映画の時間まではまだあったので、周辺をうろうろしてみたが、ららぽーとのほかには運送会社や不動産関連の施設が点在しているだけで、個人店も民家も見当たらない。教習所のシミュレーターに登場するポリゴンの街のようでもあった。一般人が立ち入れるおもしろそうな場所はなさそうだな、とららぽーとへ引き返そうとしたところで、道ばたに突如「タチヒビーチはこちら」というおやじギャグみたいな看板が立っているのを発見する。タヒチじゃなくて、タチヒ！　あたりを見れば、ビーチサンダルを履いた短パンの男性に、水着のような格好をした若い女性の集団が談笑しながら看板の先へ吸い込まれていくではないか。こんなところに浜辺があるというのか。わたしも水着集団のあとを追いかけてみると、「タチヒビーチ」の入口の手前には高い塀がそびえていた。どうやらビーチは入場料金を支払った人が入れる塀の向こうの世界のようだ。せめて、向こう側がどうなっているのかだけ、見てみたい。受付のあるプレハブ小屋から見つからないように、わずかに発見した塀の隙間から片目でのぞいてみると、そこには一面の白い砂浜が広がっていた。われ、発見せり。

だが、すごい！　と思ったのも束の間、視界のさらに先にあったのは、透き通るように青い海と青い空、青々としたヤシの木……の絵が描かれた、巨大な壁だった。砂浜だけが本物で、つまるところここはフェイクビーチと呼ばれる、にせもののビーチだったのだ。四方を壁に囲まれた空間は別世界のようににぎわっていて、バーベキューをする人や、壁際でビーチバレーをして遊ぶ子どもたちがけらけらと笑っていた。さっき入口ですれ違った水着の男女も、受付を済ませたのか思い思いにパラソルを広げて遊びの支度をしている。確かに中はけっこう広そうだし、壁に描かれたビーチの絵はかなり精巧で、入ってしまえば没入感の高そうな空間だった。塀の外からのぞきをしているわたしは、さながら研究所から脱走してきた実験体のようではないか。なんだか見てはいけないものを見てしまったような気になって、そそくさと立ち去る。ゴーギャンが見たら、この光景もカンバスに描くだろうか。

看板のあった場所を通りすぎる時、これからタチヒビーチへ行くらしい、浮かれた格好をした若い男性二人組とすれ違う。ひとりはおもちゃのマイクのようなものを持って何かをしゃべっており、もうひとりはその様子を手持ちの小型カメラで撮影していた。「さあ始まりました××チャンネルのお時間でっす。今回はね、ついにやってきましたタヒチへ！　あ、タヒチじゃなかった。タヒチです、タヒチ。みなさん知ってますか？　ここにはなんと……」。さしずめユーチューバーかな。Ｂ級ホラー映画だったなら、彼らはまっさきに研究所の生み出したクリーチャーに食われるね、と失礼な想像をしてその場をあとにする。

　映画が始まるまではららぽーとをぶらついて時間をつぶす。何かが欲しいような気もしたが、ここに売っているもののどれもが正解ではないように思えた。欲しいと思っていたのとよく似た形の服や家具を見つけて手に取ってはみるものの、なんとなくこれではないという気がしてまた棚に戻す。ショッピングモールのことは好きだが、本当に欲しいものはいつも手に入らない場所という感じがする。そういう意味ではまさにほどよい場所と言えるのかもしれなかったが、ここにいるとじぶんの揺らぎがいつも以上に増幅していくような、どこか不安な心持ちもした。

　シネマシティのことを忘れてしまうくらいにはＴＯＨＯシネマの轟音上映というのも迫力があって、トム・クルーズは相変わらずイケてたし新作は間違いなくおもしろかった。シネマシティはまた近いうちに行こう。劇場を出ると、周囲はもう真っ暗だった。家族連れの人たちはもう早々に帰ったのだろう、ららぽーとは昼間の喧騒が嘘みたいに静かだった。人もまばらなモノレールに乗り込むと、最前席から立飛の風景が一望できる。あたり一帯の暗闇で、にせもののビーチだけが幻影のように発光していた。

麺がゆでられる永遠

［流通センター］

文学フリマ東京に出る時にしか降りることのない駅、それは流通センター駅。ご近所の天王洲アイル駅や天空橋駅なんてちょっと浮ついた感じの名前に囲まれて肩身が狭そうだが、この無機質な駅名に対してはわりと好感を持っていた。席替えしたら周りをチア部とサッカー部に囲まれてしまった囲碁将棋部、という感じのかわいい肩身の狭さである。まあ、お隣の昭和島駅や整備場駅もなかなか無骨なので、路線全体のネームバランスはわりといいのかもしれない。このように東京モノレールのほとんどの駅にはその場所の中心となる施設の名が付けられているものだから、ＳＦに登場する近未来都市のようなこざっぱりとした潔さがある。

　自主制作本の即売会である文学フリマに出はじめてもう5、6年になるが、東京会場でおなじみの流通センターに向かおうと浜松町駅からモノレールに乗ろうとする時、いまだに間違えて空港快速に乗ってしまうことがある。これに乗ってしまうと、なんと6駅も停まらず一足飛びに羽田空港第3ターミナル駅まで運ばれてしまうのだ。ただでさえ急がなくてはならない出展準備の朝にやらかしてしまうと、大きなタイムロスになる。これは出展者の中ではあるあるジョークとして語られる鉄板エピソードなのだが、さすがに5年も出展しているのに間違えるのは恥ずかしいなと思ってあまり人には話せなくなってしまった。やたらと広い割にはほとんど乗降客のいない、ドラマ『ブラッシュアップライフ』に出てくる死後の世界の案内所みたいに白っぽくてしいんとした羽田空港第3ターミナル駅でしばし待ちぼうけ。ほどなくすれば折り返しのモノレールがやってきて、本来の目的地である流通センター駅まで何食わぬ顔をして運んでくれる。天空から下界へ。ただ最近は、イベント開催の日には空港快速も流通センター駅に臨時停車してくれることもあるみたいなので、もうこのジョークはだんだん通じなくなっていくのかもしれない。

いつも出展当日の朝、流通センター駅のこじんまりとした改札を抜けると、駅舎の真横にある「ゆで太郎」のことがなんだか気になってしまう。あまりに駅の施設と一体化しているように見えるせいか、はじめてその存在を認識した時には、前からこんなのあったかなあとどうも思い出せなかったのだが、どうやら店の歴史自体は浅く、２０１９年の夏ごろにオープンした店舗らしかった。そのすこし前から文学フリマには遊びに行っていたわけだから、わたしの記憶は正しかったのだ。前を通りがかるとふうわりと鰹出汁（かつおだし）のいい香りがする。イベントの待ち合わせで改札前に集（つど）う、どこかそわそわした様子の老若男女をよそに、前を歩くダウンジャケットを着た青年がゆで太郎のドアをくぐる。あの人もきっと出展者だろう。麺がゆでられる永遠、流通センター。

　る〜るるる〜るる〜とわたしはゆで太郎に吸い込まれていく若い物書きの背中を見つめながら、思わず脳内で小沢健二の『アルペジオ（きっと魔法のトンネルの先）』の勝手な替え歌を熱唱してしまうわけだが、実際、朝の流通センター駅の雰囲気を知る人からすれば、あそこでゆで太郎に入っていくのはまあまあ勇気の要ることだと思う。出展者ならばだいたいの人はすこしばかりじぶんなりのオシャレをしているものだし、店を出たら各々の目的地へ散開していく一般的な駅の立ち食いそば屋と違って、となり合わせた人と会場内で出くわす可能性が非常に高いのだ。もしじぶんが江國香織をばりばり意識したようなおしゃれエッセイだとか、詩情たっぷりの小説本なんかを売っていたとして、通りすがりのお客さんに、あっ、こいつはなんだかわたしセンスありますとでも言いたげな感じの本を売ってるけど、今朝ゆで太郎に入っていったよな。と思われたらいやだという過剰な自意識が邪魔をする。だからわたしはあの店舗の中まで足を踏み入れたことはない。外から見る限りそんなに広くなさそうだが、それゆえに客同士の密度もなんだか高そうな気がする。入りにくい。じつに入りにくい。今、東京で最も入りにくい店はどこかと聞かれたら、わたしは老舗(しにせ)の名酒場でもミシュラン三つ星のフレンチでもなく、ゆで太郎流通センター駅前店をまっさきに挙げるだろう。

いや、しかしあの流通センターの展示場の人いきれの中で、おもむろにとんとんと肩を叩かれて「今朝、ゆで太郎で会いましたね?」なんて出会いがあったら、もしかすると案外ロマンチックかもしれないな。文学フリマで知り合って仲良くなったという人たちはけっこういるけど、さらに的を絞って、流通センター駅前のゆで太郎から始まる恋や友情があってもいい。というか、知りたい。文学フリマ東京に参加したことのあるかたがたで、もしそういう体験談があったらどしどしお寄せください。持ち寄った体験をエッセイにしたためて、いつかみんなでゆで太郎流通センター駅前店のアンソロジーを作ろう。それを文学フリマに出品したらば、売り上げ金をにぎりしめてあのドアをくぐり、それから熱い出汁のかかった、ゆでたての蕎麦を食べて帰りたいね。

アフターサービス

［横浜］

神戸に行きたかった。というか、今ごろだったらもうとっくに新幹線に乗り込んで、改札前で買ったコーヒーの一杯でもまったりと口に含み、窓際の指定席でまどろみながら到着までの時間を過ごしているはずだったのだ。わたしは長距離列車に乗っている時のああいう、何かしようと思えばできるけれども特に何をするわけでもない、ただじっとしているだけの時間のことを心底愛しているのに。あの時間を味わいたいがために旅行をするといっても過言ではない。旅行の醍醐味（だいごみ）とは長い移動時間と、帰宅してから思い切り浴びる、じぶん好みの水圧のシャワーにほかならない。余談だが、だからこそ列車内にフリーWi-Fiなどという無粋なサービスを用意されちゃあ困るのだ。リモートワークという制度が一般化し、なおかつどこにでも用意されているフリーWi-Fiのおかげで、これまでのんべんだらりと駅弁を食ったりあまつさえ缶ビールで景気付けたりしている出張中のお気楽サラリーマンというのはほとんど絶滅危惧種になってしまった。平日の昼下がり、前後の席からただよってくる駅弁のにおいにうんざりしながらも、あの人は何を食ってるのかな、「牛肉どまん中」かな、それとも「鯵の押寿し」かな……なんて想像する機会もぐんと減って寂しい。移動時間くらいは労働から解放されるべきなのだ。新幹線のデッキ部分でへこへこしながら電話をかけている人なんかを見かけると、たまったもんじゃないわよねと肩を叩いて柿ピーのひとつでもそっと差し入れたくなる。

というわけでこの週末は神戸旅行に行くはずだったのだ。だが、前日からの線状降水帯による大雨と台風の影響で新幹線が完全にダウンしてしまい、JRのホームページに逐一更新される運行情報を明け方近くから睨(にら)み付けて粘ったのだけれど、結局その日の午前中は運行を取りやめます、午後の運転状況も未定ですと発表がなされて、神戸どころか名古屋にすら近づけないありさまになってしまった。代替案として飛行機の便も調べてみたのだが、新幹線のダウンと同時に瞬(また)く間に当日予約で埋めつくされてしまった。移動手段を絶たれてはもうどうにもならない。お手上げである。ゆうべは3時間も残業してから帰宅したあと、締切の迫っていた依頼原稿をほとんど寝ずに仕上げ、我ながらとてもよくがんばったので勝手にご褒美のような気分でいたのだ。ああ行きたかった。胸の真ん中がぎゅうと痛かった。ともかくベッドから起き出したはいいが、洗面所で顔を洗いながらすこし泣いたし、泣くほどのことかよと思ってじぶんでも引いた。台風でひどい目に遭ってる人だって山ほどいるだろうに、たかが旅行に行けなくなったくらいで。でもこの週末のためにがんばって仕事していたのだから、がっかりして当然だとも思う。思い出したらまた泣きたくなってきた。出張じゃない旅行なんて、久しぶりだったのに……。

うじうじとツイッターを開いたら、同じように関東から西へ行きたかった人たちの恨み言がどっさりヒットして、うんうんわかるわかると頬の内側を噛みしめながらそれらを読んだ。せっかく旅支度まで済ませたのに家でじっとしているのも癪である。画面をスクロールするうちに、「自由席チャレンジしに東京駅凸(とつげき)します」という知らない誰かのつぶやきを見つけた。なるほど。午後の運転状況はまだわからなかったけれど、手元の切符は無効にはなっていないし、東京駅へ突撃してがんばって並べばもしかしたら自由席にすべりこめるかもしれない！

でもあんまり期待しすぎて失敗したらさらに落ち込んでしまうから、あくまでダメもとで、特に用事があるってわけじゃないけどたまたま泊まりの荷物を抱えて東京駅に来てみましたよ、という体（てい）で昼ごろひとまず東京駅までは行ってみた。が、東海道新幹線の改札にたどりつくはるか手前から、サービスしすぎた軍艦巻きのいくらみたいに人があふれかえっているではないか。無茶だ。一瞬で辟易（へきえき）してしまった。途端に泣くほど行きたかった神戸への憧憬（しょうけい）はぷっつりと潰（つい）え、わたしはその場でホテルにキャンセルの電話を入れることにした。呼び出し音を聞いているわずかな時間で、きっとこの状況ではドタキャンも頻発しているだろうし、ホテルの人の機嫌が悪かったらいやだなと思っていた。やがて、はい。と電話越しに男性の声がホテル名を告げる。あのう。と、新幹線が動かないので予約を取り消しさせてください。という旨を伝えると、フロントの男性は至極残念がったあと、そして天候の影響については規約があるということで、キャンセル代は全額なしにしてくれた。お金を払わずに済んだことよりも、その人が終始こちらを気遣わしげに、また機会があったらぜひいらしてくださいね、と言ってくれたことのほうがうれしかった。ふつうのビジネスホテルだったのに、そんな対応をされるとうれしい。また今度必ず行きますと、こちらも本音をしゃべって電話を切った。

さて、ダメもとでも泊まりの荷物一式をさりげなく持参したのには理由がある。プランBとして、横浜へ行こうと思ったのだ。ここから横浜だったら1時間もかからず着けるし、当日予約でも泊まれるホテルくらいきっといくらでもあるだろう。いつだかに横浜出身の後輩が「横浜なんてジェネリック神戸みたいなもんスよ」と身も蓋もない地元紹介をするので一笑いしたのを思い出したのだ。そんなことを言ったら横浜の人も神戸の人も怒るんじゃないか。神戸に行ったことのないわたしは、モダンな港町というくらいの解像度でしか横浜と神戸の印象を結びつけられていなかったのだが、なるほど神戸についてあれこれ観光地を調べてみれば、確かに外国人居留地として栄えた街角や建築物、それから中華街があるところも似ているし、共通点がいくらかあるのかもしれないと思った。まあ、横浜が本当にジェネリック神戸かどうかを確かめるのは当面おあずけとして、横浜へ遊びに行くのもちょっと久しぶりだ。

到着するまでに桜木町の適当なホテルを予約して、行ってみたかったアメリカンダイナーや、横浜ハンマーヘッドの中にあるセブンイレブンなんかをぶらついて楽しく過ごした。ここのセブンイレブンはおそろしく大量のクラフトビールが置いてあることで有名で、もはやコンビニではなくビール屋さんと名乗ったほうがいいくらいのすごい品揃えであった。店内を一周して、オールドラスプーチンという名前の変わったビールをひとつ買ってみる。安くはなかったけれども、缶に描かれた、片手を掲げるラスプーチンの肖像画がどうにも目を引いたのだ。

歩行者デッキに腰をおろして、そばに停泊していた護衛艦を眺めながら缶をカシュっと開けてみる。昨晩の大雨が冗談みたいに、こちらは台風一過でからりとしたいい天気である。ビールとは思えない、コーヒーにもチョコレートにも似てどっしり甘いラスプーチンに静かにおどろいていると、東海道新幹線がすこしずつ動き始めたというニュースが入ってきた。まあ、それでもあの東京駅の混雑ぶりを思い出すと自然と諦めはついたし、どうやらあの人混みの中には、立ち往生を余儀なくされた修学旅行生もいたらしい。彼らが自由席にすべりこめるかはわからないけど、わたしの旅行よりは彼らの帰宅を優先すべきだろう。やっぱり横浜を選んでよかったと思うことにして手の中の怪僧をひといきに飲み干す。これは外で気軽に飲むようなものじゃなくって、しゃれたつまみでも用意して家でちびちびやるのが正解の飲み物だったような気がしたけれど、まあいい。さっきまで目の前にいた護衛艦はいつの間にか出発したようだった。酔っ払ったので、すこしねむい。凪いだ水面の対岸に見える建物が、ゆらりと蜃気楼のように歪んだ。

結局昨晩からほとんど寝ていないのだから、すぐさまベッドに横たわりたい気分だったけれども、チェックインの予定時間までまだある。せっかくだから、中華街にも行ってみよう。足を踏み入れればにぎやかで活気があるし、極彩色の看板やネオンが入り乱れる猥雑なチャイナタウンの雰囲気は昔から好きなのだ。お腹は空いていないはずだったのに、露店でサンザシの飴などを見つけてあっと飛びついて買ってしまう。サンザシ飴（糖葫芦）というのは、りんご飴のように棒付きの果実のまわりにべっこう飴をまとわせたもので、中華系のラブコメ時代劇などを見ているとよく登場するあこがれのお菓子なのだ。長安の城下町にお忍びでやってきた名家の若君などが、ひょんなことで知り合った町娘のヒロインと一緒にサンザシ飴を食べて笑いあい、そして淡い恋が芽生えたりするのである。あの赤くつややかな謎の菓子。名家の若君の気分で、ほうこれがサンザシ飴かいという風にかじりついてみれば、まだ解凍されていなかったみたいで、ゴリッという食感とともに冷えた実の部分が歯に染みて痛くなった。長安の屋台で売られているサンザシ飴はたぶんもっとフレッシュな味わいなんだろうなと思いながら、ぺそぺそと飴を舐める。あこがれは半減してしまったが、時間を置けばサンザシの実の部分も甘酸っぱくて不思議なおいしさだった。

　飴との格闘を終え、せっかく中華街に来たのだからそれらしいおみやげのひとつでも、と思い、目についた風水ショップに入ってみる。別にパワーストーンの効果を強く信じているわけではないけれど、前に香港に行った時、瑪瑙（メノウ）の細いバングルをきれいだと思ったのに買わなくてちょっと後悔したのだ。こういう店に似たようなのが売っていないかとそれとなく店内を見回していると、奥から全身にじゃらじゃらアクセサリーを身につけた年齢不詳の女がすーっと出てきて、気になる石があったらお声を掛けてくださいねん。と話しかけてきた。特にそれ以上のセールストークを続けるそぶりを見せなかったので、しばらく店内を物色する。アメジストで彫られた小さい仏像や、毛沢東の肖像画、金の象がてっぺんについた耳かきなど、石のほかにもクセの強いアイテムが所狭しと並んでいておもしろかった。天然石のコーナーを見ていると、石はあればあるほどいいですからねん。とさっきの女の声がしたので振り返ったが、女の姿は見当たらなかった。また奥に戻ったのかな。あればあるほどいいだなんて、ほんとかしらん。と内心思っていると、死角にいたはずなのに、ほんとよ〜ん。と返事のようなものが返ってきて怖くなって店を出た。

中華街で起こった怪奇現象を除けば本当に愉快な気晴らしだった。適当に取ったにしてはホテルの部屋もかなり満足のいくもので、気をよくして翌日もあれこれ観光して遊び回り、ジェネリック神戸なんていう不届きな思いつきで出かけたくせに、すっかり神戸のことなど忘れて楽しく帰ってきた。

その晩、寝る前にふとパソコンを開くと、グーグルの検索窓に「神戸　おみやげ」「神戸　たのしい」「神戸　焼肉」という履歴が残っているのを発見して失笑してしまった。「たのしい」ってなんだよ。そういえば原稿が書けなくてうんうん唸(うな)りながらも、その最中にちゃっかりあれこれとネット検索して情報収集していたのだ。神戸で神戸牛を食べてみたいという、極めてミーハーな欲望を昨日の朝まで抱いていたことを急に思い出して、ちょっと恥ずかしい。

大観覧車の夜に

［お台場］

「観覧車乗りにいかない？」

さてそろそろ退勤するかね、という頃合いで、必要のなくなった書類をじょりじょりとシュレッダーにかけていると、同僚のまゆみさんがつかつかとやってきてそう誘ってきた。いく。二つ返事でうなずく。で、どこの？

お台場海浜公園の大観覧車が8月末でなくなるんだってさ、とまゆみさんは続けた。そういえば、この前ワイドショーでそんなことを言っていたような気がする。パレットタウンと名付けられたあのあたり一帯が、再開発で取り壊しになったのだ。すでに商業施設が先になくなり、あとは大観覧車が残されているだけだった。Zepp Tokyo

にトヨタのショールーム、それからなんといってもヴィーナスフォートである。あそこは平成初期に子ども時代を過ごした身としてはけっこう好きな商業施設だったのだから、閉館前にもう一度行っておけばよかった。若い女性をターゲットにしたショッピングモールというだけあって、中に入ると、テナントの立ち並ぶ通りは中世ヨーロッパの街並み風にデザインされており、ドーム状の噴水広場や、白亜のお城のバルコニーのような手すりのひとつひとつが幼いわたしにとってはなんとも魅力的だった。天井には淡い色彩の青空が描かれていて、確か時間の経過とともに夕焼けや星空を模した照明が映し出されるのだ。現実の天気がどれほどひどい雨だろうと雷だろうと、ヴィーナスフォートにはうつくしい空だけが存在していた。舞浜のイクスピアリや府中の東京競馬場にも言えることだが、ああいう平成らしい足し算の美学というか、過剰な装飾の感じというのがたまらなく愛おしく思える時がある。

それにあそこには知る人ぞ知る、フリーメイソンのグッズ専門店があったのだ。ずっと行きたいと思いつつ、また今度でいいかと二の足を踏み続けていたら、ついぞ一度も足を踏み入れることができないまま終わってしまった。世界最古にして最大の秘密結社のグッズショップが、歌舞伎町の路地裏などではなくどうして笑顔であふれるお台場のショッピングモールにあるのか皆目見当もつかなかったが、行こうと思えば気軽に行ける場所にあったのは個人的にはよろこばしいことだった。結局行ってないけれど。ヴィーナスフォートが閉館して、あの店はどうしたのだろうかと思い調べてみたら、店はちゃんと別の場所に移転して営業しているようだった。ただし、場所は非公開。どうやら店の公式ＬＩＮＥアカウントとお友だちになると、移転先の場所のヒントを教えてくれるらしい。お台場の立地にしろ、そういう庶民派な態度が大変好ましかった。早いとこ、お友だちにならなくちゃ。

定時とともにさっと退勤して、まゆみさんと連れ立ってゆりかもめに乗り込み、大観覧車のチケットを買う。平日の夜だったけれども、営業終了を聞きつけた人で観覧車の下にはすでに行列ができていた。軽はずみな気持ちで来たけれど、もしかして乗るまでけっこうかかるんじゃあないか。だがその心配はうまいことはずれて、どうやら行列の人々は、全面がガラス張りになっているシースルーゴンドラというほうに並んでいるようだった。こっちのほうが台数が少ないから必然的に行列になるのだ。別に３６０度スケスケじゃなくたっていいよね、とふつうのゴンドラの列に並んでみたら、あっという間に乗れた。

この大観覧車には何度か乗ったことがあったけれど、夜に来たのはもしかするとはじめてかもしれない。眼下には取り壊されたZepp Tokyoの残骸が剝き出しになっていて、まゆみさんがわぁーと悲鳴をあげる。わたしは一度も行ったことがなかったけれども、まゆみさんにはここでたくさんのライブの思い出があったらしい。明かりのない真下をのぞきこむと、底なしの谷底のようですこし怖い。視線を上げれば東京タワーやゲートブリッジが煌々と光を放っている。遠くにあるはずなのに、まぶしい。なんて明るい夜なんだと、知っているはずの東京の夜の明るさを、今さらながら思い知らされた。

しばらく外をじっと見つめていると、視界の隅にハートの形に電球を並べた小さいイルミネーションが見えた。あれはなんだろう、と思って目を凝らすと、電球はぽつぽつぽ、とピンクから青へ、そして緑へ変わり、しまいにはレインボー色に変化していくではないか。すごくダサい。ダサいが非常にかわいげのあるダサさだね、と思わずつぶやくと、まゆみさんはお腹をかかえて笑い出した。こういうところが愛すべき平成のセンスだと思うと言うと、まゆみさんはさらに笑った。あとから知ったことだが、あの7色のハートのイルミネーションは大観覧車の上からでないと見つけられない場所だそうで、なおかつ見つけた人は幸せになれるというジンクスがあったらしい。隠れパワースポット。うーん、いかにも平成的ナンセンス！

大観覧車の営業は22時までだった。ゴンドラを降りてからもわたしたちはしばらくそばの芝生に寝転がり、おしゃべりをしながらなんとなく大観覧車の明かりをながめる。骨組みにあたるライトがちょうどいい具合に反射して、ぼんやりとした光があたりを包んでいた。8月の終わりの夜は蒸し暑かったが、湿気を含んだ海の風が妙に気持ちがよかった。ほどなくして、その日の明かりがふっと消える瞬間を見届けると、お誕生日ケーキの蠟燭（ろうそく）を吹き消したように、周囲は途端に真っ暗になる。終わっちゃったね。お腹をすかせたわたしたちは、それから近くのバーミヤンまで歩いて行って、坦々麺にチャーハンに餃子に小籠包などなどついでにデザートの杏仁豆腐までつけて、ありえない量の中華料理をぺろりとたいらげた。

つい数時間前まで小さなオフィスで仕事をしていたとは思えない。まゆみさんはこんなふうに、たびたびわたしを外側へ誘い出してくれた。今日みたいな退勤後に突然思い立って遊園地へ行ったこともあるし、出勤前にお花見をして喫茶店のモーニングを食べたこともある。わたしたちは会社を出れば気のあう友だちだった。いい気分になると今度は帰るのが惜しくなり、レインボーブリッジを歩いて渡って帰ろうと提案したのだが、ふもとまで行ってみれば徒歩で通れる遊歩道はもうとっくに閉まっていた。すかさずまゆみさんが、レインボーブリッジ通過できますぇん！　と、『踊る大捜査線』の織田裕二のものまねをした。

　遊んでいたら結局ゆりかもめの終電を逃して、適当なところでタクシーを拾って帰る。大人になっちゃったねえ、と窓の外の夜景を見つめながらつぶやいたまゆみさんの横顔を、きれいだと思った。

ウィンドウショッピングにはうってつけの

［五反田］

五反田のＴＯＣビルがいよいよ解体工事に入るというので、どうしても一度だけ中に入ってみたいと思って遊びに行った。きっかけはといえば、ついこのあいだ、理容室で隣の席にいたおっちゃんが話題にしていたからだった。「いや上の息子がね、受験だから今朝、会場まで車で送ってやったの。ちょっと遠くてさ。なんかいつもは五反田のＴＯＣでやってたらしいんだけど、今年は使えないみたいでさあ。もう眠いよー」と、頭皮をもみもみされながら店長に愚痴を言っている。五反田で受験といったら、さしずめ医学部ではないか。「五反田の陣」なんて言葉もあるくらい、医学部受験イコール五反田会場なのである。息子さん優秀じゃないですかー、と店長が褒める。いやいや、受けに行くだけだったらオレでも行けっかんね！　とおっちゃんはでかい声でぐわははははと笑ったが、「でもね、がんばってたから受かってほしいよね、親としてはね」と、大きな笑い声とは対照的にぽつりとつぶやいたところで、あとの会話はドライヤーの音に掻き消される。ちらりと鏡越しに隣を見れば、おっちゃんは竹原ピストルによく似た風貌をしていた。『永い言い訳』という映画のことを思い出し、見も知らぬ親子の会話を想像して勝手に胸が熱くなってしまったが、そうか。五反田ＴＯＣビルは今年で解体工事に入るのだったと、わたしはそこでようやく思い出したのだった。行かなくちゃ。

五反田って山手線の中でも、あまり降りたことのない駅だ。五反田と聞いて連想するのは前田司郎の劇団に、あとはゲンロンカフェのイベントで何度か足を運んだことがあるくらいだ。酔っ払った東浩紀とツーショットを撮ってもらって、厚かましく新刊にサインまでもらった。今だったらなんとなく気恥ずかしくてそんなこと頼めないと思う。頼めなくなってしまった。東浩紀の横で屈託なく笑うわたしの写真はまだパソコンのフォルダに保存されている。そんな微妙な思い出の詰まった五反田に久しぶりに降り立つと、ここは数年前から運用されている羽田新航路の直下にあるらしく、ちょっとしたプラモデルくらいのサイズの飛行機が上空をぐんぐん通り過ぎていくので歩きながらつい顔を上げてしまう。目黒川のあたりまでさしかかると、川の上をことこと走る東急池上線のすぐ後ろに、ビルの隙間を低空飛行する旅客機がちらりと見えて思わず立ち止まってしまった。ほんの一瞬のタイミングだったが、子どもの描いた絵のようにドリーミーな光景じゃないか。

駅から10分ほど歩いた場所にTOCビルはあった。TOCとは東京卸売センター（Tokyo Oroshiuri Center）の略称である。TとCはわかるにしても、Oは英単語じゃなくてローマ字のOroshiuriなのねというのがかわいいポイントだ。ショッピングセンターとは違う、卸売店が中心の複合施設。レンガ色のキャラメルを隙間なく積み重ねたみたいな四角いビルの、その飾り気のなさもよかった。いかにも昭和のビルという感じ。文学フリマでいつも訪れる流通センターにもすこしだけ雰囲気が似ていると思った。ただ、意気揚々と足を踏み入れてからは、もっと早くに来ればよかったとすこしばかり後悔したのだった。もうすでに大半のテナントは撤退したあとで、薄暗い廊下には移転のお知らせの貼り紙が並ぶばかり。ビルの明確な閉館時期は調べても見つけられなかったが、この有り様を見るに、せいぜい残すところあと2、3ヶ月程度が関の山なのだろう。まあ、今日は買い物に来たわけじゃなし、ビルが見たかっただけなのだから、いいか。ひとまず上から下までめぐってみようと思い、人もまばらなビル内を見物しながら、まだかろうじて営業を続けているいくつかの店をのぞいてみることに。

卸売といってもどんな業種の店があるのかちっともわかっていなかったのだけど、靴にブティックにスポーツ用品に化粧品に子供服にインテリアと、入口に書かれた店舗一覧の表示板にはさまざまな業種の名が連なっていた。とにかくかなりの広さだ。全盛期はきっとたくさんの人でごった返していたんだろう。開いている店のどこにも閉店セールのチラシがそこらじゅうに貼り付けてあって、手始めに入ってみたアウトレットのベビー用品店で、ちいちゃな赤ちゃん用の上着などを手に取ってみる。わたしでも知っているような有名ブランドのタグが付いていたが、同時に値札には「80%オフ」の文字が。や、やすい。子どもが生まれたばかりの友だちに何かプレゼントでもしようかと思ったが、親戚でもないのにこんなところで買ったってなあ、と逡巡してやっぱりやめる。

別のフロアには一枚板で作られた立派なダイニングテーブルを売る店や、ほとんど骨董品と言ってもいいような、いささか悪趣味なチェストや食器棚ばかり並んだ家具店、イタリア製の上等な革張りソファ専門店などがあった。どの店も従業員は暇そうに壁の一点を見つめており、そこにはただ終わりが来るのをじっと待っているような厳粛ささえあった。上の階に行けば行くほど、開いている店の数は減っていく。広くて長い長い廊下の先は薄暗く、すこし怖くなって下へ引き返すことにした。

最後に訪れた地下フロアはまだ飲食店や雑貨店が営業していて、このフロアがビルの中でもっとも活気があった。一箇所だけ、何を売っているのか言い表せないおかしな雑貨店があり、気になって入ることに。自転車のベル、万歩計、保温ポット、切り餅のお得用パック、ガラスの灰皿、馬油のクリーム、首から下げるストップウォッチなどなど、全国のおじいちゃんの家から何かひとつずつ雑貨を持ち寄ったらこんな感じになるだろうという具合のへんてこな品揃えだった。ほこりをかぶったショーケースの中には革製の財布や名刺入れがずらずら並んでおり、それぞれに「アルマ〜ニ　1万1000円↓15000円」「ヴェルサ〜チエ　1万5000円↓20000円」などと書かれた手書きの値札が貼り付けられていたが、本当かなあ。店のおじいさんは仕立てのいいジャケットを身につけてニコニコしていたけれども、店内をうろつくわたしに3回もいらっしゃいませと言ってきたので不安になって店を出る。

ここに来てからどの店のことも冷やかしてばかりだ。さすがに悪いような気になって、何かおみやげを買おうと次の店にとびこむ。そこはアメリカの輸入雑貨を売る店で、バットマンやダンキンドーナツのロゴがプリントされたキーホルダーを眺めたが、やっぱり欲しいとは思わなかった。今日のわたしは冷やかしのいやな客です。店の奥ではスタッフの女性ふたりが、何かを袋詰めしながら恋愛話に興じていた。「結婚してる人のことを好きになっちゃうのは悪いことじゃないと思うのね、でもさあ」と聞こえたところで、店の電話が鳴って会話は途切れてしまう。「でもさあ」の後に何を言おうとしたのか気になって仕方なかったが、それから別の用ができたらしく、彼女たちの会話が再開されることはなかった。でもさあ。わたしだったら何と言うかな。

一通りビルの内部を探検し終えて満足した。フロアの最奥部には素敵な感じのコーヒー店があったので、休憩がてらに入ろうとしたのだが、手前の席に腰掛けていた店番らしきおばあさんが、ぽっかりと口を開けて堂々とうたたねをしていたので、邪魔するのも悪いなと思って帰ることにした。きっと最初で最後のTOCビル探訪。もしも引っ越しや買い替えのタイミングが合えば、あそこでベッドやダイニングテーブルを注文してみたかったな。事実、どれもこれも破格の値段だったし、建替え寸前のTOCビルで家具を買っただなんて、よっぽど思い出に残ったかもしれない。

来た時と同じように、数分に一度のペースで上空を通過していく旅客機を見上げながら山手（やまて）通りを歩く。しばらく歩いていると、道路の中心に突然謎の白い巨塔が現れる。なんだろうと思ったら、首都高の換気塔らしかった。この下には山手トンネル、日本最長のトンネルが横たわっているのだ。頭上の旅客機に無数の歩道橋に換気塔。おまけに目黒川まで流れている。五反田といったらオフィスしかないような印象だったけれども、案外ごちゃごちゃと遊びがあって探検しがいがある。鬼ごっこをやるなら五反田がいいな。

横断歩道を渡り切ったところで、ふと足元を見ると、片方だけの軍手が落っこちている。路上観察界にはこれを片手袋と呼んで長年研究している人もいるそうだが、確かに片方だけの手袋というのはなにやら示唆に富んでいるように見える。しかも足元の片手袋は、おそらく意図しないかたちで5本の指のうち4本が折れ曲がり、それはちょうど「☜」の格好をしていた。あっちむいてほい。人間、指をさされると咄嗟（とっさ）にその方向を向いてしまうというわけだが、なんと指し示されたその先には銃砲店があった。何ということはない道路沿いにのほほんと構える町の銃砲屋さん。あまりない響きである。さすがに示唆に富みすぎではないだろうか。自分の中に銃を持てということでしょうか。

　外からおっかなびっくりのぞいてみれば、店の奥ではおやじがデスクに腰掛けて何か書き物をしていた。中は薄暗くてよく見えなかったけれど、模型じゃない、本物の散弾銃やライフルがケースに立てかけられているのが見える。狩猟やクレー射撃をやる人向けの店のようだった。五反田、やっぱりけっこうおもしろいじゃない、と感心していると、視線に気付いたおやじがぐるりと首を回転させてこちらを見る。ばちりと目があって、わたしは一目散に駆け出した。どう考えたって、ここばっかりは一見（いちげん）客が冷やかしていい店じゃあないだろう。その時のわたしといえば、きっと豆鉄砲を食らったような顔をしていたと思う。

夜間飛行

整骨院の寝台の上でみる有限の宇宙。だんだんと落ちていくまどろみの中で目を閉じれば、わたしのまぶたの裏側は深い藍色をしていることがよくわかった。森の奥で見上げる夜空、水底で触れる砂の色。一瞬のめまいのあとに、かつてどこかの国に存在していた街の姿が見える。石畳の上をゆく葬列、銅貨を拾う少年。あー、お客さん首、コレけっこうきてますねえ。曲がり角の先で、角の生えた5本足の動物が、こちらを一瞥して去っていった。角の先は乳白色に透けていて、日の光をやわらかく吸い込んでいる。動物は鹿のようでも鯨のようでもあった。あー、冷えてるでしょう。血流がよくない証拠ですよ。からだのパーツの接合部をぐっと押されてぎゃっと悲鳴がもれる。同時に目を開ければ、架空の街も動物も煙のように消え失せた。

おひとりさま探偵クラブ

［銀　座］

銀座にいるのは何も優雅なマダムばかりではない。この前の日曜日には写真展を見に行ったあと、お茶でも飲みたいなと銀座四丁目のあたりをうろうろしていたら、路地の奥から突然、二人組の警察官に両脇を抱えられた中年の女性があらわれて「この泥棒！　あたしのお金を返してよ！　返してよ！」と大声で泣き叫びながらパトカーの中に押し込められていくのを目撃してしまった。女性はパトカーに乗せられたあとも、外にまで聞こえるくらい中でわあわあとわめいていたが、警察官があきれたような顔でエンジンをかけ、パトカーはやがて通りの向こうへ走って行った。なんだったんだ。日曜の昼下がりの、しかも銀座である。祝祭的なムードが一気に緊張感をもち、その場にいた人みんなが息を呑んでいた。パトカーが見えなくなると、一時停止していた動画を再生するみたいに、何食わぬ顔でまた街は動きだす。けれどもこの場に居合わせた人たちのほとんどは、きっとそのあと会った誰かに「さっき銀座でこんなことがあってさ……」と話したくなってしまうに違いない。わずか数秒のドラマ。

こう言っちゃ失礼なのは承知の上だが、女性のせりふも表情もすべてが数十年前のサスペンス劇場みたいだったなと、あとから妙に笑いがこみあげてきてしまった。あたりに女性と警察官のほかにはこの事件の関係者らしき人間はいなかったから、女性のいう「泥棒」が誰を指すのかわからずじまいだった。金をだまし取られたのか、盗まれたのか。でも女性が被害者だったら、あんなふうに羽交い締めにされてパトカーに乗せられるなんてのも変だしなあ。金をだまし取られた挙げ句、詐欺の片棒を担がされたとか。と、お茶を飲みたかった気持ちなどすっかり忘れてしばらく探偵ごっこに興じてしまった。再放送のサスペンスドラマだったら、ここらで場面が切り替わってそろそろ古谷一行と木の実ナナの刑事コンビがひょっこりあらわれるころだろう。銀座の怪事件がやがて箱根で起こる連続殺人につながり、最後に小涌谷(こわくだに)で犯人を説得するのだ。『湯けむり温泉連続殺人事件～銀座美人ホステスの愛憎～』というような下世話なタイトルを載せた、新聞のラテ欄が脳内で踊る。小学生のころ、家で両親の帰りをひとり待ちながら、テレビで再放送のサスペンスを見るのが好きだった。わたしにとって放課後の時間を最も長く過ごした相手は、学校の友だちではなく船越英一郎や水谷豊や柴田恭兵である。

銀座の事件はさほど大ごとではなかったようで、気になりすぎて帰宅途中でニュースを調べてみたけれども、結局ことの顛末(てんまつ)はわからずじまいだった。もうすこし経ったら、あの女性の声も警察官の表情もきれいさっぱり忘れてしまうだろう。それでいい。都市のまとう匿名のヴェールは、ある意味では優しさなのだと思った。

それからしばらくあとには、銀座中央通りで魔法使いにも出会った。クリスマスを一週間後に控えた12月の半ばごろ、出先で打ち合わせを終えて松屋デパートの近くから有楽町に向かう交差点で信号待ちをしている途中で、黒い背広を着た若くも年老いてもいない中肉中背の男がスーッとわたしのほうへ近寄ってきた。わたしはというと、きらきらとイルミネーションでいつもよりうつくしく飾られた銀座の街にすこしばかり浮足立っていてあまり周囲に気を配っていなかったのだが、突如じぶんの近くにやってきた男の気配にぎょっとして——それから彼の手元をふと見ると——その右手には小さなおもちゃのステッキのようなものが握られていた。魔法のステッキ。ま、魔法のステッキ……？

ええと、ハリー・ポッター系の魔法使いではなく、サリーちゃんだとかクリーミィマミのような、いわゆる魔法少女のアイテムを想像してほしい。１００円ショップやドン・キホーテのおもちゃ売り場で売っていそうな安っぽいプラスチック製のそれであるが、持ち手の部分は金色にぺかぺか光っていて、棒のてっぺんにはオーブを模したファンシーな物体ものっかっている。背広の男と魔法のステッキという、このうえなく危険な違和感。連れてきた子どものおもちゃを預かっているパパ、には到底見えなかった。確実にじぶんの意志で魔法のステッキを身につけている、背広姿で中肉中背の年齢不詳男。えっ。と咄嗟に思った瞬間、男と目があってしまった。表情はとくに読み取れなかった。笑ってても怒ってもいない、無表情。すると男はステッキを控えめにこちらへ向け、わたしの顔の前でくるりんと一回転させて静かにこう言い放った。

「おめでとうございます」

祝われた。男は無表情のままもう一度だけわたしの顔を眺めたあと、そのままスーッと交差点とは逆の道を曲がっていって、ほどなくして見えなくなってしまった。わずか数秒のドラマ。同じく横断歩道で信号待ちをしていた人々が皆、わたしのほうを見ていることに気がつく。わたしが何かしたわけじゃないのに、どっと焦る。見ないでください。ぱっと信号が青に変わり、一時停止していた動画を再生するみたいに、何食わぬ顔でまた街は動きだす。なんだったんだ。まァ年末だし、調子はずれに浮かれた人が増えてくる時期だろうとじぶんを納得させ、わたしもまた何食わぬ顔で有楽町駅までの道を足早に抜けた。

ところがそれからすぐあと、会社に戻ってメールを開いたら、秋から準備していてあとは先方からのOKを貰うだけだったはずの大口案件が消し飛んでいた。「このお話は白紙に戻させてください」……おわり。いや、待ってください。この年末にそんな無慈悲な。だって今朝までそんな気配はこれっぽっちもなかったじゃないか。「おめでとうございます」。無表情な男と、目の前でくるりんと回転する魔法のステッキがさっと脳内をよぎる。呪いだ。絶対にあのおかしな男が悪いまじないをかけてきたのだ。ジブリ映画だったらわたしはこのあと寝て起きたらしわくちゃの老人に変えられているかもしれない。いや、それどころではない。半泣きでデスクにかじりつき、消し飛んだ案件の事後処理をばりばりやった。パソコンのキーボードをばしばし叩きながら銀座の魔法使いの話を同僚にこぼしたけれども、あまりに浮世離れしすぎていたせいか、あまり信じてもらえなかった。でも見たんです。幸いにして件の事後処理は上司にかけあって後日なんとか丸く収まったので、同僚は半笑いで「きっとその魔法使い？　は、これ以上の厄災が起こらないよう食い止めてくれたのかもしれないですよ」とポジティブな助言をくれたが、どうせならふつうにいいことが起こるくらいのまじないスキルを身につけてから活動してほしい。

しかし、あの様子だときっとあの魔法使いの男はわたし以外の人にも声をかけまくっているに違いない。しばらく経ってから、ふと好奇心がわいてきて、ほかに目撃情報がないかと思ってネットで何度か検索を繰り返してみた。するとわたしとほとんど同じ条件で「銀座でビジネスマン風の、魔法のステッキを持った男に声をかけられた」というようなつぶやきがほんの何件かだが、見つかった。かけられた言葉は「あなたは魔法を信じますか」だとか「おめでとう！　僕は魔法使いなんです」だとか何種類かのバリエーションがあるみたいだった（わたしにはただの「おめでとうございます」だったことにこの時点でやや不満を抱いてしまった）。だが、そのいずれも目的は不明で、突飛な行動をして相手の注意を引くタイプのナンパでもなく、会話の途中であやしいネットワークビジネスに勧誘されるとか、水や壺を売りつけられるとかでもないようだった。どこからともなく現れる銀座の魔法使い。何がしたいのかはわからないけど、やっぱりあのあたりで活動をしている男なんだ。わたしのほかにも目撃情報がちゃんとあったことがうれしかった。銀座の魔法使いに関するつぶやきはランダムな時系列で（ほんとうにわずかに）散見されたが、検索結果を遡ってみると、一番古いものはなんと２０１１年のつぶやきだった。待てよ。あの男は10年以上も前から、銀座であの魔法のステッキを振り回し彷徨（さまよ）っているということ？　得体の知れなさが急に浮き彫りになる。こわい。ますます年齢不詳すぎるし。

インターネット探偵はさらに検索を重ねる。書き込まれた男の特徴や言動からして、わたしが出会った魔法使いと、２０１１年に目撃された男はおそらく同一人物とみて間違いなさそうだった。それだけの年月活動を続けていたのなら、どこかのメディアが取り上げてちょっとしたローカル有名人になっていてもおかしくはないのに、10年分の目撃情報がたったの数件というのも奇妙な感じだった。彼にまつわる書き込みのひとつに「おせんべいみたいな顔の男」と形容しているものがあり、それが妙に的を射ている気がして笑ってしまう。男の顔などとうに忘れてしまったが、なるほど年齢不詳のやけにのっぺりした印象は、確かにおせんべいのようかもしれない。言い得て妙である。でも、銀座の魔法使いについて得られた情報は結局のところそれだけだった。便利な世の中だからといって、なんでもかんでも調べれば即座に解決するかというとそうでもない。本物の探偵にはなれなさそうだ。

それにしても、街なかで突然「あなたは魔法を信じますか」なんて聞かれたら、なんて答えるだろうか。わたしにもその質問を投げかけてくれればよかったのに。次に会える機会があったならば、もうすこしおしゃべりしてみたい。今度はとっておきの回答を用意しておきますから。

白昼夢のぱらいそ

［箱　根］

冬になると箱根に行きたくなってくるのが関東の人間の習性といっても過言ではない。冬といったら温泉、温泉といったら箱根。熱海もいいが、熱海はなんとなく春から夏にかけてのイメージがあるのは海があるからかもしれない。冬が近づくと、テレビの旅番組でも頻繁に箱根が取り上げられる気がする。先週の土曜も、太川陽介が路線バスを乗り継いで箱根を旅していたのを見てなんだか行きたくなったのだ。単にテレビに唆(そそのか)されているだけかもしれない。旅行先、転職サイト、スポーツジム、自動車保険、今夜飲むためのビール。こうやってじぶんの純粋意志で選択したように思い込んでいるものがきっとたくさんあるんだろうけど、しがない大衆だからアドバタイズメントにいちいち付き合う。選択だらけの人生の途中で、まずは温泉に入ります。脳内でエヴァのミサトさんがウインクする。風呂は命の洗濯よん。

もう幾度となく訪れた、箱根湯本駅に降り立てば観測することのできるもくもくとしたあつい湯気と、よく蒸かされた温泉まんじゅうのにおい。そして案の定、国内外の観光客で駅前はごった返していた。今日ばかりはわたしもそのひとりです。気候は東京と大差ない場所だとしても、旅先に着くとなんだか空気がつめたいような気分になる。冷えた手先をあっためるように、土産物屋の軒先でできたてのまんじゅうを買う。これよこれ。他人からのお土産で貰う温泉まんじゅうがどうも味気ないのは、やっぱり冷えてるからだよなと、親切を仇(あだ)で返すようなことを思いながら胃の中に温度を宿す。あったかいあんこをぺたぺたなめていると、昔読んだ『ゲゲゲの鬼太郎』の「さら小僧」というエピソードをいつも思い出す。手強い妖怪・さら小僧との交渉の場として、ねずみ男が鬼太郎に「あそこのまんじゅう屋であんこでもなめながら話したらどう」と提案するのだ。まんじゅう屋であんこをなめる！　そのたわいない数コマのシーンはやけに印象的だった。きっと熱いあんこのぎゅっと詰まった、できたてで皮の薄いまんじゅうが出てくるんだろう。温泉地に行けばこれが擬似的に実践できるということを発見してからは、蒸かしたてのまんじゅうを食べるのは、わたしにとって温泉に並んで旅の目的のひとつと言えるかもしれない。結局さら小僧は超強敵で、鬼太郎が奢ったおいしいまんじゅうでも懐柔できなかったのだけれど……。

さて、今回は強羅のほうに宿をとってみたのだ。いつもは駅前ばかりをうろついているから、たまには足を延ばしてみたかった。箱根箱根とひとくちに言ったって、けっこう広い。観光はしないで、一刻も早くチェックインして宿でだらだらしたい。温泉を出たり入ったり出たりして、部屋の〝あのスペース〟で本でも読みながらうたたねするのだ。部屋の奥のふすまを隔てた窓際に、ちょっとしたテーブルと椅子のある用途不明の愛しきあのスペース。あそこを見るとああ旅館に来たなと実感する。旅の目的はさまざまだったが、東京から箱根という極めて小規模な移動の目的など、そんなに大層なものではなかった。子どものころから何度も出かけているのに、まったく箱根の地理に詳しくならないのもなんだか申し訳ないようなもったいないような気はしていたけれど、でも実際ここに来たら身体の力がすうーっと抜けていって、判断能力が著しく低下し、アグレッシブな気持ちになど到底なれなくなってしまうのだから仕方ない。湯治に来ていた大昔の人だって、きっと同じ気持ちだったろう。

宿へのアクセスは登山鉄道を使うルートが確実ではあったが、グーグルマップで検索してみると、箱根湯本駅から出ているバスに乗ったほうが、いくぶん早そうだった。それに、ここからバスに乗ったことはあまりなかったし、いつも見ない景色も見られておもしろいかもしれない。わたしはバスが好きなのだ。という理由で箱根湯本駅からバスに乗ってはみたものの、停留所を過ぎるごとに乗客の数は増していき、数分もしないうちにバスは大荷物をたずさえた観光客でぎゅうづめになった。始発から乗っていたわたしは後方の窓際の席でじっと外を眺めているだけでよかったけれども、2月だというのに車内は蒸し暑かった。駅から出発して、だんだんと山道をのぼっていくバスの車窓からわずかに凍結した路面が見えたと思えば、それはほどなくして一面の雪景色へ変わっていった。氷のように温度を失った窓が白く曇って、視線を窓から外す。袖で結露をぬぐってまで外を見ようとはしなかった。英語、中国語、関西弁、車内はそれ以外にもさまざまな言葉が飛び交って、音声アナウンスの告げるバス停の名前もうっかりすると聞き逃してしまいそうな騒がしさだった。着ているコートを脱ぎたかったが、この窮屈さではそれもなんだか億劫でじっとしている。半身に当たる窓のつめたさと、もう半身で感じる熱気にあてられてやけに眠たくなった。というか、実際うとうとしてしまったのだ。
ほんの10分少々の浅い眠りから目が覚めると、車内はいつの間にかがらんとしていて、数えるほどの乗客を残すのみだった。さっきまでのあの混雑ぶりのほうが夢だったんじゃないか。みんながお目当ての大きい停留所でもあったのかな。インターネットで調べた路線図を読んでもいまいちわからなかったが、降りるべき停留所はまだ先のようだった。

と、思っていたのだけれど、どうやらうとうとしている間に、目的の停留所をいつの間にか逃してしまったようだった。バスの系統は合っているはずなのに、どんどん山道をのぼっていくばかりで、いっこうにたどり着く気配がない。ぬかった。箱根の路線バスって「塔ノ沢」「上塔ノ沢」だとか「大石上」「大石」「大石下」てな具合に、ほとんど1、2分ほどの間隔で、よく似た名前の停留所がすごく細かく存在しているのだ。だからよっぽど注意していないと降りるべき停留所を見逃ごしてしまう。居眠りなんかしていちゃいけなかった。こんなの、隣に太川陽介がいたらこっぴどく叱られるに決まってる。これが『ローカル路線バス乗り継ぎの旅』のロケじゃなくてよかった。大回りになるけれど、どこかで降りて反対方向のバスに乗り直そうか、どうしようか。結露の引いた窓の外には、明らかに寒々しい山道が見えた。都営バスじゃあるまいし、こんなところで降りて、次のバスが数時間後ってパターンもあるぞ……。

山奥のバス停に取り残され日本人一名凍死、という縁起でもないニュースの見出しを想像して怖くなり、これは正直に聞いたほうがいいと、途中で席を立ってバスの運転手に事情を話す。すると、わたしの降りたかった停留所は、とっくの昔に通り過ぎたということがまずわかった。運転手のおじさんは続けて、このバスはどうせ折り返し運転だし、ここで降りてもトイレもないし、2月の山道にお客さんを置いていくのもおすすめしたくないから、運賃も時間もかかっちゃうけどそのまま終点まで乗っていたら？　とのんびりした口調で言ってくれた。さっきまで大量の観光客を乗せていたドル箱路線の運転手とは思えないほど、牧歌的なご提案である。でも、そのほうがありがたい。はぁ、ありがとうございますと気の抜けた返事を返して、わたしはもといた席に戻ってまたしばらく揺られていた。

終点までの道のりで、ほんとうの旅程では行くはずのなかった、大涌谷や芦ノ湖（あしのこ）をバスの窓から眺められたことはすこし得した気分だった。大涌谷から見えたまっしろな富士山は、目の前にぼうと立ちはだかる金剛力士のようだったし、芦ノ湖では遠くの雲の切れ間から、水蜜桃（すいみつとう）の色をしたひかりのジュースみたいなものが、とくとくと湖に注がれている様子を見ることができた。たいそうきれいだった。夕陽になるまえの日の光というのは、どうやらああいう形をしているらしい。どちらも停留所に停まっているわずかな時間に見えただけの景色だったけれども、じぶんで決めた選択肢のうちでは見られなかったなと思うと、悪くない気分だった。そう、バス停を乗り過ごしてからというものの、わたしはちっとも落ち込んでいなかった。もう間もなく日が暮れそうな時間だし、本来ならとっくに宿に着いて2回くらいは温泉に浸かっていてもおかしくなかったけれども、不思議と損をしたという気持ちにはならなかった。もとより気ままな一泊旅行だ。いい旅夢気分。

　芦ノ湖をすこし過ぎると、いよいよ乗客はわたしを残すだけになった。薄暗くてうねうねした山道を、ひとりぼっちの客席で過ごすにはいささか心細い気持ちだったが、じぶんのせいなので我慢する。終点は箱根園という停留所で、山道を抜けた先のぱかんと開けた、駒（こま）ヶ岳（たけ）ロープウェイのある場所だった。箱根園といったら、水族館だとか宿泊施設だとかコテージを備えた老舗の複合リゾートだ。ずいぶん昔に遠足だか家族旅行だかで来たことがあるような気がしたが、記憶はおぼろげだった。いったんバスを降ろされて、運転手のおじさんは、じゃ、10分後に再出発だからね。トイレはあっち。自販機もありますよ、と言って自身もたばこ休憩か何かか、どこかへ去っていった。

降りてみたはいいものの、リゾートの印象とは裏腹に、あたりを見渡しても誰もいない。ひんやりとした空気をまとったオフシーズンの観光地は人の気配がまるでなく、文字通り取り残された気分になった。閑散期というのもあったが、施設そのものがこの日はすでに閉園後の時間だったようで、動かないロープウェイに、静まり返った土産物店など、そこにある建物のすべてにはクローズの看板がかけられていた。園の全体図を記した色あせた観光案内板には、植物園、ゴルフ場、遊覧船乗り場にショッピングモールに食事処など、わたしが知っていた情報よりもはるかに多くの娯楽施設がここに存在していることが示されていた。きっと晴れた日の休日なんかは、たくさんの家族連れでにぎわうんだろう。そばにあった建物の、閉じたガラス戸越しに中をのぞいてみたけれど、薄ぼんやりとした明かりが点いているだけで、やっぱり誰の姿も見当たらなかった。無人の桃源郷は巨大なセットのようにも見えた。なぐさみに、自販機でホットコーヒーを買ってみる。あったかいものを触ると安心する。

きっかり10分が経過すると、運転手のおじさんが戻ってきた。さ、出発ですよと促され、缶コーヒーを子猫のように両手で包みながらふたたびバスに乗り込む。行きとは違う席に座ってみようか悩んで、やっぱりもといた座席に腰掛ける。同じ道を淡々となぞっていくと、行きとは反対に雪景色はしだいに晴れていき、そしてだんだんと乗客が増えてくる。一度見た映画を逆再生しているみたいだった。今度はうたた寝するもんかと、車内アナウンスを聞き逃さないようにして目的の停留所でしっかりと降りる。ステップを降りる際、運転手はわたしをちらと見て、おつかれさまでしたと小さく笑った。ちなみにきっちり精算された往復分のバス運賃はまあまあな金額で、一瞬ヒュッと声が出そうになったがじぶんのせいなので我慢する。

停留所へ降り立つと、あたりはとっぷりと日が暮れたころだった。実に長旅。大幅に遅れたものの宿へのチェックインを無事に済ませ〝あのスペース〟で茶をすすりながら、フロントでもらった路線図を広げて今日の道のりを検証してみる。中強羅入り口バス停。往復2時間もかけてやっとたどりついた目的地は、本当だったら、始発の箱根湯本駅からたった20分程度の近さにあったことがわかり、さすがに呆(あき)れる。芦ノ湖に沈む夕日や、誰もいない桃源郷を目の当たりにした記憶は、すでに今日という時間軸よりも、ずっとずっと遠くにあるようにも思えた。長い眠りから、ようやく目覚めたみたいだ。

箱根園水族館

聖餐

［吉祥寺］

吉祥寺で用事があって午前中に出かける。用事が昼過ぎに終わったらオデヲンで映画でも見ちゃおっかなと考えていたのだが、当の用事は全然すんなり終わらず、なんだか中途半端な時間になってしまったので適当に吉祥寺をぶらついてから帰ることにした。吉祥寺に訪れるのはたいてい仕事か知り合いの個展なんかを見に行く時くらいで、いつも用が済んだらさっさと帰ってしまうので、あまりこの街をきちんと散策したことがないのだ。気ままにぶらぶら歩いてみれば、どの道にも小さな店がひしめきあっていて一軒一軒のぞいてみたくなる。どでかい駅ビルのほかには得体の知れぬいんちきな店ばかりが立ち並んでいる、じぶんの住む街とは大違いだ。土曜の午後らしくほどよく混んでいて、雑貨店や服屋を物色したがこれといって欲しいものは見当たらなかった。吉祥寺だなんて、古本屋もお菓子屋もあるし、ボタンやら古い切手やら何に使うか皆目見当もつかないがかわいい豆粒大のスプーンやらをバラ売りしているような魅力的な店もそこらにあるわけで、5〇〇円玉でも握っていれば素敵なおみやげが両手いっぱいに買える街だっていうのに、今日はどうやらそういう日らしい。すこし前までは、普段行かないような場所に行ったならば何がなんでも何かを買って帰らなければ損をしたような気になっていたけれど、そうしているうちに家にみるみる物が増えていくので、近ごろはあきらめて帰る、という選択がやっとできるようになった。

せっかく来たけれど帰るか、と思った矢先、駅前の八百屋で果物が山積みにたっぷり売られているのを見かけて思わず立ち止まる。家から遠いし、生鮮食品を買うつもりはなかったけれど、果物くらいならいいかもしれない。するとわたしの興味ありますす風なそぶりをめざとく見つけたのか、店先にいたおばさんがさーっとやってきてわたしの手をぐいと引き「ここにあるシャインマスカット……今から5〇〇円だよ。まだ言ってないけど、16時になったら始まるからさ」と耳打ちしてきた。時刻は15時55

分。なんというタイミング。思わず「えっ。買います」と口をついて出た。シャインマスカットが５００円だって？　ほんとかな。ふつう、どんなにしたって１０００円以上はする。味の良し悪しはあろうが、れっきとした八百屋の果物なんだから、まあそんなにひどいことはないだろう。事実、おばさんが手にしていたぶどうは色つやもよくておいしそうだった。ぶどうって足のはやい桃や柿と違っていっぺんに食べきってしまう必要もないし、一人暮らしだったらなおのこと長く楽しめる果物なのだ。ま、５００円ならばハズレたって構わない。

ええと、と財布を出してまごまごしているうち、「おいしそうなのを選んだげるよ」と言って、おばさんは店先に並べていたぶどうからいくつか吟味したあと「アンタにはこれだね。またおいで」と、口の端でにやりと笑いながら、差し出した５００円玉と引き換えに立派な一房を持たせてくれた。なんだかドラクエに出てくる女商人のような口ぶりではないか……。あまりに取引じみたやりとりにあっけにとられていると、女商人はわたしのことなどとうに忘れたかのようにのっしのっしと軒先へ出て行き、丸めたチラシをメガホンのように掲げながら「えーシャインマスカット、今から30分限定で５００円！　今しかないよ！　今日だけだよ！」とおもむろに声を張り上げた。

シャインマスカットが5〇〇円だって？　ぴたりと足を止めた通行人があっという間に人だかりを形成して、八百屋はたちまち大にぎわい。次々にやってくる新しい客たちに弾かれるように店をあとにする。おばさんがどうしてわたしにだけ耳打ちをしてくれたのかはわからなかったが、まぼろしみたいにいい買い物だったな。商店街を進みながら、ずしりと重たいぶどうを一粒もぎとり、シャツの袖で拭いて口に含む。表皮にはすこしばかり傷がついていたが、ぱりっとした皮と、その下からやってくる華やかな甘ったるさはまぎれもなくシャインマスカットの香味だった。このちょっとあざとい、いかにもあたしおいしいでしょうとでも言いたげな味がいけすかないと思いつつ、わたしの舌がありがたがってしまう。おいしいものはおいしい。

もうちょっとうろうろしてもいいかもと気をよくして、そういえば近くにドイツパンのおいしい店があったことを思い出し、そのまま商店街の奥へ歩いていく。ドイツパンは硬くてちょっと酸味があってとっつきにくいのだけれど、でも食事パンとして毎日食べても飽きないように考えられた実直さが好きなのだ。本来のお目当てはこの店の名物である、かりかりに焼けたプレッツェルだったのだが、遅い時間だったのであいにく売り切れだった。こじんまりした店内をうろついて、残っていたパンの中から松の実とライ麦入りの食事パンを買う。レジの青年はにこやかではなかったが親切で、丸太のようなそれを、おすすめの厚さだという1センチの厚みにさらさらとスライスしてくれた。包んでくれているのを待ちながら、トースターが家にないので「これはそのままでもおいしく食べられるでしょうか?」と尋ねると、ええもちろんですよそのままでもライ麦の風味が感じられます、ただもしトーストする場合は30秒から1分まで、それ以上は香りが飛ぶのでいけません。とよどみなく律儀に返してくれる。生真面目そうな青年だったが、思いのほか言葉をくれてうれしかった。

　これは至極勝手な偏見なのだが、東京の東側で長らく暮らしていると、西側、とりわけ中央線沿いの街になんだか歪(ゆが)んだ感情を抱いてしまう。西荻(にしおぎ)みたいに哲学的にセンスのいいところと、高円寺みたいに極端にだらしないところ(これはこれで褒め言葉のつもりである)が奇妙に隣合わせていて、その不可思議な同居具合が落ち着かず、どうにもじぶんの肌に合わないように思ってしまうことのほうが多い。あと、このあたりで飲みながら出版関係の話題などをつい口にしてしまうと、どこからか自称業界人が近寄ってきて、「なんかあったら連絡してちょうだいよ」と知りもしない会社の名刺を寄越してくるのにもうんざりしている。本当の業界人はこんなところで迂闊(うかつ)に名刺をばらまかない。そもそも、なんかあったら、の「なんか」とはなんなのだ。

……まあ、だからといって街に罪はないのだが、この手合いを引き寄せる謎の引力が中央線沿線には漂っている。ただ、こうして地元住民一般のような顔をして買い物をしてみれば存外楽しいものだった。街を勝手に定義付けて、あそこはこう、ここはこうと一定の性格を与えすぎるのはよくないと、吉祥寺だとか西荻だとか高円寺で優しくされるたびに反省する。たいていの場合はじぶん自身の関わり方がそれを左右しているにすぎないのに。きっとどこにだっておいしいぶどうを選んでくれるおばさんはいるし、パンのうまい食べ方を教えてくれる青年もいる。

吉祥寺をあとにして、そうですねと一人合点して乗り換えた新宿駅で、ストリートミュージシャンが「東京は冷たくて」みたいなことを歌っていたので、おい！　と言い返したくなってしまった。東京だって誰かの故郷なのである。そうじゃないだろう。そうじゃないんだよ〜。

愛はどこへもいかない［小岩］

小岩の美術館のミュージアムショップで、マーブル模様の青い大理石でできた洗面台を買おうかウンウン悩んでいる夢をみた。置かれていたのはヨーロッパの古い骨董品がほとんどで、それらは売り物というよりはどちらかというとガラクタの山のようでもあった。ふしぎだけど小岩らしいかもしれない。まず「小岩の美術館」とかいう夢の中で生み出されたおかしな建造物を思い出して、起きてからひとしきり笑ってしまった。そんなものは存在しません。小岩というのは東京の東のはずれのほうに位置する、用がなければまず行かないような街のことです。

わたしが今住んでいる自宅から小一時間はかかるくせに、実家近くの小岩の歯医者にわざわざ通い続けている。子どものころからずっと通っている歯医者で、新しいところを探すのも億劫でいまだに通っている。アクセスがよくないので電車とバスを2回ずつ乗り継ぎ、さらにそこからちんたら歩いてようやく着くような辺鄙な場所へ数ヶ月にいちど検診を受けに行く。歯医者というのはよいところを探すのがかなり難しいと思っていて、数年前に駆け込みで入った歯医者で散々虐(いじ)められてからは、もう信頼できるところにしか行かないと決めたのだ。その時の医者は痛いと言ったところ全部をなんの説明もなしにゴリゴリ削っては来週も再来週もその次も来てくださいねと威圧的な笑顔をたたえて言うような乱暴なところで、削らなくてもよかったはずの歯をたくさん奪われた。なにしろ歯なんて爪や髪の毛と違って削られたら二度と戻ってこないのだから、どこで診てもらうかは慎重であるべきだ。小岩の歯医者はその点、名医である。虫歯が見つかっても、なるべく削らずに済む方法を考えてくれる。ある時、母にあそこの歯医者はいいですねというようなことを言ったら、そりゃあまだ小さかったあなたのために何軒も比べていい医者を探したんだからねと告げられた。どうもすみません。歳を重ねるごとに、知りもせず享受してきた愛の正体に気がつかされることばかりである。

小岩は実家から最も近い繁華街と呼べるところで、駅前には大きなイトーヨーカドーや商店街、公営のプールなどがあり、よく自転車で遊びに行った。駅から離れたところに確か武田屋という古めかしい菓子屋があって、父に連れられてその店であんみつの材料を買ってもらったことをやけに覚えている。あんみつではなくあんみつの材料。一歩店に入ると寒天や求肥（ぎゅうひ）やえんどう豆がずらっと木箱に並べられており、好きなものをぽいぽいと選んで家に帰って盛り付ければ、じぶん好みのカスタマイズあんみつが作れるのだ。持ち帰り専門なので、バラバラの具を引っ提げて家に帰る。父は際限なくあれこれ具材を手に取ろうとする幼いわたしを止めようとしたのか本当にそう思っていたのかはわからないが、あんまり欲張ってもまずいのだ、これというものを3つ、4つ載せるからうまいのだよと説いてきた。まあ確かにそうだ。なんでもかんでも載せればいいってものではない。

わたしは武田屋での教えを忠実に守り、ホテルの朝食バイキングなんかでも見栄えよくちまちま盛り付けるタイプの人間に育った。バランスを意識しすぎた結果、たいして好きではない食べ物も載っける羽目になり、いつもなんだか損した気分になるのだが。そんなわけで先日、箱根の朝食バイキングで武田屋のことを思い出し、また行きたい行きたいと心の内で思っていたのだが、その後、父にまたあのあんみつ屋さんに行きたいねと話しかけたら、あの店はもうとっくにつぶれたぜと一笑に付された。もうずいぶん前に店を畳んでしまったらしい。

歯医者以外に用事らしい用事などないのだが、せっかく小一時間もかけて小岩にやってきたのだから、たいてい喫茶店に寄ることにしている。駅前にある『白鳥』と『田園』という喫茶店は全席喫煙可能。朝のうちに歯医者での治療（無駄に歯を削られない代わりにしこたま生活習慣を叱られていつもちょっとへこむ）を終えたあとは、このどちらかの店でモーニングをとる。うまくもまずくもなく、客のだいたいはボケっとしているか新聞を眺めているかで、いい具合に放っておいてもらえるような喫茶店をいくつか知っておくことは、地震に備えて家具を固定しておくとか食糧を買いためておくこととかと、同じくらい大切な心積もりだと思う。

その日は10月のわりに肌寒く、やっぱり店の名前は玉置浩二の歌から来ているのかなァなどと至極どうでもよいことに考えを巡らせながら『田園』にのっそりと入る。グッドモーニング。先に運ばれてきたホットコーヒーで手をあっためながらほかの客と同じようにボケっと一服していると、隣に座ってきた婆さんがわたしの手元と灰皿を交互にまじまじと見てきた。あまりに遠慮なく見られている感じがしたので、たばこの煙がいやだとか難癖をつけられるだろうか。でもそれならわざわざこんな店に入ってくるなよなと身構えていたら、婆さんは店のお姉さんをふと呼んで「アタシもちょっとたばこ買ってくるわねぇ」と、ゆっくりとした口調であっけらかんと店を出て行ったので笑ってしまった。テーブルの上には婆さんがまだ口をつけていないホットコーヒーがのほほんと湯気を立てていた。

そんな小岩は古びた路地や個人商店がまだぽつぽつと残ってはいるものの、再開発が進んでいて来るたびに見慣れないビルが建っており、このあいだは駅の裏側が白いガードでびっちりと覆われていた。おそらく再開発反対運動なんてものも盛んではなさそうだし、もう数年でここもがらりと変わるだろう。子どものころは気にもかけなかったが、八百屋も焼き鳥屋も元気でなかなか風情のある駅前だし、なにも都心のように暖色吹き抜け木目(もくめ)調ガラス張りのこじゃれたビルなんか作らなくても、もうちょっとこの街に合った時間のかけかたってものがあるんじゃないか……。

けれどもこの前、数年ぶりに地元の友だち数人と食事をした際に小岩の話があがったところ、皆が口をそろえて「新しい駅ビルができるの楽しみだね」と言っていて思わず口をつぐんでしまった。それは当然のことだった。知っている景色がなくなっていくことへの寂しさなど、所詮この街を早々に離れて暮らすわたしの勝手な願いにすぎないのだと思い知らされた。じぶんが幼いころに慣れ親しんだイトーヨーカドーだって公営プールだって、それができる前に存在していただろう何かのことなど想像すらせずに。

　次に歯医者を訪れる時にはまた新しい建物ができているのだろうけれど、それと引き換えに姿を消した何かのことを、わたしはきっと思い出すことはできない。流動的な時間の中で、起こることをある種の諦観（ていかん）のように、あるいは純粋な希望として受け入れていくのがこの街のやり方なのかもしれない。そのこざっぱりとした執着のなさはきらいではなかったし、すこし外側を歩くわたしは、また夢の中でいんちきな街の断片とめぐりあうくらいがちょうど愉快だろう。

猫の額でサーカス

［浅　草］

もう5年以上前の話になるけれど、浅草雷門からほど近い「アンヂェラス」という古い喫茶店が閉店することをインターネットの書き込みで知って、あわてて駆けつけたことがある。建物の老朽化が理由だったそうだ。不義理なものでずいぶん長いこと訪れていなかったくせして、名前を目にした瞬間ぶわっと記憶があふれだした。よく家族で行った店なのだ。インターネットの記事では、池波正太郎をはじめ文豪や各界の著名人も愛した名店で、フルーツポンチや梅ダッチコーヒーという一風変わったメニューが有名で……などということがつらつら書かれていたけれど、そんなことはまったく知らなかった。あそこでよく食べたのはプリンやアイスクリームやケーキのたぐいだったように思う。

　うんと小さいころは祖母や曾祖父が目と鼻の先に住んでいたので、家族で連れ立って都心へ食事に出かける機会がよくあった。さほど実家から近いわけでもなかったが、浅草や銀座や日本橋といったトラディショナルな繁華街に今でも親しみを覚えるのは、祖母らが頻繁に連れ出してくれたおかげのように思う。一人っ子で育ったわたしはといえば子どもの時分から偏屈だったので、そうして連れて行ってもらった先で喫茶店などに入っても、我先にケーキが食べたい云々と主張することができなかった。できなかったというよりは、大人たちが皆コーヒー片手にたばこをくゆらせて世間話に興じているあいだ、ひとりでお菓子を「与えられて」いる構図がいかにも子ども扱いされているようで厭だったのだ。お菓子を引き合いに出されなくたって、静かにしてろと言われたらそうするわいと思っていた。おなじ理由でお子様ランチもきらいだった。そうはいっても実際子どもなのだから相応の扱いを受けるのは当然のことなのだが。ケーキでも頼みましょ、お母さんと半分ずつしようか？　と言われてはじめて、お母さんがそんなに食べたいって言うんならまァ……などとまるで気乗りしないような顔をして、そのくせメニューの中で一番値の張るものを指差すのだった。内心ではショーケースの中でうつくしくかがやく西洋菓子のどれもに目移りして仕方なかったはずなのだが、そんな浮かれた表情を見せるのも子どものすることだと思ってわざとつまらなそうな顔をしていた。もしせっかく連れ出してやったじぶんの子どもがこんな小憎たらしい態度を取ってきたら頰のひとつやふたつ張り倒していると思うので、つくづく親は寛容だったと思う。

浅草のアンヂェラスは、曾祖父も一緒に行く機会が多かったように思う。戦争を経験した世代というのもあってか甘い物が大層好きな人で、大人たちがブレンドを……などと注文している横から、勝手にパフェやクリームソーダを頼んでは嬉々として頰張るような人だった。お爺さんたらいつまで経ってもコドモなんだから、などと揶揄されようとも、うふふと茶目っ気たっぷりに笑ってはぴかぴかの匙でクリームを掬い取る、あの天真爛漫なえびす顔はまだ記憶の片隅にある。曾祖父がいる時は、奇妙な仲間意識のようなものがあったのか、わたしも素直に食べたいものをねだることができた。ランプの照明があちこちに反射してきらきら跳ね返るアンヂェラスの一階席で、わたしたちは並んでプリン・ア・ラ・モードを食べた。やあ、いいものが来たねえ、と満面の笑みをこちらに向けて、プリンのてっぺんに乗った蜜漬けのさくらんぼをひょいと惜しげもなくわたしにくれたりした。そんな無邪気な表情をどこかに残したまま、ある朝その人は永い眠りについた。大往生と言われる歳で亡くなったけれども、今ごろになって、もっと話を聞いておきたかったと思う。関東大震災も太平洋戦争もくぐり抜けてきた人だ。若い時はどんなだったか、何を読み、何を食べ、何を見てきたか。子どものころに別れた人ほど記憶には強く残るのに、肝心なその人自身のことをよく知らない。曾祖父、幼稚園の先生、近所のアパートに住んでいたけんちゃん。

そうしておぼろげな幼少の思い出に浸るべく、久しぶりに訪れたアンヂェラスは、脳内で思い描いていた間取りとはすこし違っていた。あれ。もうちょっと、ここのとこまで思い切り吹き抜けになってませんでしたっけ。とか。あれ。お手洗いって、こんなとこにありましたっけ。とか。窓ってこの位置でしたっけ。あれ。一階席って禁煙でしたっけ。あれ……。

ああ、そうですか。と思ってしまった。わたしは往々にして「かつて訪れた場所がなくなる」という場面に多く直面しつつも、いざ別れを惜しむ瞬間に限ってそのイメージと現実に乖離が生じることがよくある。そのたびにすこしずつがっかりする。また都合よく覚えていただけだったのだ。所詮昔の記憶なんてそんなものだとわかっていつつも、想像していたノスタルジーがぴったり目の前で再現されないことがわかると、勝手に残念な気持ちになってしまう。人間の記憶力なんて吹けば飛ぶような頼りないものである。

店はわたしと同じく閉店の噂を聞きつけて集まってきたであろう人々で混雑していて、身なりのよい、常連らしい客の幾人かが店の人と親しげに、名残惜しそうに挨拶を交わしている様子も見かけた。なるほど名店の最後というのにはこういうシーンがあるのねと、まるで特別なパーティーにでも招待されたかのような気分になる。ところが席に通されると、ずいぶん夜遅くに入ったせいでメニューはあらかた品切れになっており、わたしは奇しくもその日はじめて、アンヂェラスでブレンドコーヒーを頼むことになったのだった。はじめまして、そしてさようなら。と胸のうちで唱えながら黒々とつやめく液体に口をつける。

きょうここへ来るまでに歩いた街をよくよく思い返してみれば、子どものころに訪れた浅草とは、似ているようでその実なにもかもが違ってしまったようだった。六区にあったはずの、生まれてはじめて行った映画館である東宝劇場はとうにつぶれていたようだし、古めかしいたたずまいの観音温泉、太鼓をたたくサルのからくり人形を軒先に下げたおもちゃ屋、参道の豆菓子屋、そこにあったはずのどれもが跡形もなく消失していた。なんだかサーカスの旅芸人が去ったあとみたいだ。浅草は今だってもちろん華やかな観光地だけれども、マジックでぱちんと指を鳴らした瞬間に消え去る一座のように、同じ場所にかつてあったものたちの面影はほとんど残されていない。ここにあったかどうかも定かではない。絶え間ない変化こそが都市の宿命であると、わたしはきっとこの先何度でも思い知らされるだろう。

　もしかすると、アンヂェラスのプリンの上に、蜜漬けのさくらんぼは乗っていなかったような気もする。そんなことは、調べたらすぐ真相にたどりつけるだろう。だけど肉眼をもって確かめるすべさえなくなった今、ほんとうのことは別にわからなくてもいいやと思うようになった。じぶんの中で積み上がった思い出と、食い違った現実との差異に腹をたてるのは身勝手だろう。不確かで独りよがりだとしても、忘れたくはないな。再生と巻き戻しを繰り返してやがて擦り切れていくテープのように、その反芻（はんすう）がじぶんにとってのほんとうになる。気休めのようにいくつかの写真を撮ったあとで、振り返りもせずに店を出た。

　それからすでに数年、今あの喫茶店があった場所には、時間貸しのコインパーキングがぽつんと存在している。広く感じていた店の印象と異なって、乗用車２、３台でいっぱいになってしまう程度のこぢんまりした土地だ。わたしは浅草を訪れるたびこの猫の額のような一角ですこし立ち止まり、あのきらびやかな店のことをときどき思い浮かべることにしている。

ANGELUS
洋菓子
喫茶
アンヂェラス
Angelus
ANGELUS
CONFECTIONERY
Phone (3841) 9761

がらんどう

［南千住］

つい最近まで、山谷のほうに3年ほど住んでいた。山谷というのは今はもう存在しない地名なのだけれど、ふた昔くらい前までは日雇い労働者の街として知られた、いわゆるドヤ（簡易宿泊所）街のことである。最寄駅でいうと、浅草と南千住のちょうどあいだくらい。吉原もこのあたりにある。台東区と荒川区のぎりぎり境目という、ちょっと不思議な立地の街なのだ。わたしが越してきたころにはもう日雇い労働者たちも高齢化が進んでずいぶん少なくなり、ドヤは外国人観光客やバックパッカーたちの寝床としてすこしばかり生まれ変わっていた。いや、今でもあるにはあるのだが。

わざわざここを選んで住んだというわけではなく、もともとは浅草あたりに住みたいなと漠然と考えていたのがきっかけだった。「アンチェラス」の閉店を見届けてからというもの、なんだか浅草での思い出がわあっとよみがえり、次に引っ越すならあのあたりで暮らすのもいいかもしれないなと思ったのだ。浅草だなんて超・観光地だし、人が住んでいるイメージなどまるでなかったが、浅草に住んでますなんて言ったら、ちょっとばかし粋（いき）でツウな感じの人間だと思われるだろう。何事も格好から入りたがるのはわたしの悪癖である。思い切り格好つけているくせに、いやあたいしたモンじゃあありませんよと自然な風を装うのが常になっている。ひょうひょうとしたキャラクターにあこがれながら、本当の意味でそうした性格を獲得できないまま齢を重ねてしまった。

というわけで、粋でツウな感じの人間になりたいという直球の欲望をぶつけに浅草駅前の不動産屋に突撃したものの、浅草に住みたいとこれだけ言ったのに担当者が用意してきたのは南千住駅からも浅草駅からも徒歩15分ちょっとかかるこぢんまりしたマンションだった。さすがに家賃相場的にも浅草に住むなんて芸当は、わたしの月収があと5万は上がらないと無理だ。とはいえ、内見へ行ったら案外好みの内装と間取りだったために（ここ、別に浅草じゃあないよな……）と思いつつ契約を進めてしまったのだ。引っ越し当初は、周囲の人間には浅草のほうに住んでますと言葉を濁してごまかした。まあ、このあたりだっておおむね粋でツウだろう。うん。

　なんだかずいぶん静かなところへ来ちゃったなァと思うほどに、シンボルだった「いろは会商店街」のアーケードが撤去され、昔のすさんだ印象と引き替えに年老いたおじいさんたちがとぼとぼと歩く現在の山谷の風景は、ひどく落ち着いていた。けれどもそれは新参者のわたしにとっては、存外住みやすい街という感想だったのだ。立派な喫茶店もあるし、コンビニやスーパーも多くはないがちゃんとある。なにより、空き家も含めてだが古い住宅や店舗が建ち並んでいて、ビルが少ないせいか街全体に圧迫感がなくてこざっぱりしていたのがよかった。バックパッカーに人気のエリアというのも、オリンピック絡みで東京のあちこちにゲストハウスができたあげく、そもそも円安で高級ホテルが外国人観光客で埋まるような現在からすれば古い情報なんだと思う。もはやそういった人の姿もほとんど見かけることはなく、わずかな住民たちはみな静かに、淡々とじぶんの暮らしを儀礼的に執り行っているようにも映った。

　泪橋（なみだばし）という『あしたのジョー』に出てくる交差点からほど近い場所には、路上生活者や日雇い労働者の寄り合い所的役割をもつ、山谷労働者福祉会館という施設がある。引っ越してきて以来、朝晩の通勤で必ずすれ違う路上生活者たちのことがなんとなく気がかりで、夏と冬の二回ほど、この福祉会館宛にささやかに物資の寄付をした。寄付といったって、インスタントの味噌汁だとかパックごはんだとか、石鹸などといった生活用品（一応、福祉センターのホームページにはそういったものがあるとうれしい、というようなことが書いてある）を指定の時間に送りつけるだけの、役に立っているんだか立っていないんだかわからない自己満足の寄付なのだけれど。路上生活者の数自体はコロナ禍を経ても年々減少しているというデータはあるそうだが、それはあくまで数値上の話でしかないし、そういう時こそ今そこにいる人たちが見過ごされがちなようにも感じた。路上で生きることをやむなく選択させられては、追い出され、そしてまた別の街へ流れていくことを余儀なくされる、わたしたちと同じ皮をかぶった人間。大勢が行き交う街の中で、誰も彼らのことが見えていないかのように、でもきっと皆すこしだけ息を潜めて目の前を通り過ぎていく。健康で安全な場所からそれを眺めるわたしのような人間が、彼らに対してどのように心を寄せるべきなのか、まだよくわからない。その気になれば福祉会館が行っている炊き出しにボランティア参加したってよかったはずなのに、そういうことには勇気が出なかった。毎朝毎晩陸橋のたもとですれ違う人たちのことを、直接支援したわけじゃない。じぶんに出来そうなタイミングで、出来そうなことをやっているだけにすぎないし、いい人ぶっているとなじられたら、わたしは言葉に詰まってしまうだろう。本当のところはきっとそうなのだ。持っているものを他人に分けるということの難しさをわかっているから、善き人でありたいという欲求は、善き人だと思われたいという欲求に簡単に呑まれる。何かをした気になって安心しているということをゆめゆめ忘れるな、という言葉が脳裏で反響する。何度も。

　ところで、よく行っていた近所のスーパーではときどきお楽しみイベントをやっていて、とある週末には土曜の16時からマグロの解体ショーをやるというのでその時間に合わせて買い物に行ったことがある。マグロを買おうってつもりじゃなかったが、近所の、しかもたいして広くもなければチェーンでもないワンマン経営のあのスーパーで、マグロの解体ショーだなんてちょっとわくわくしたのだ。浅草中心部の喧騒や祭りの気配もほとんどやってこない、なにしろ静かすぎるほど静かな街だ。ちょっと浮き足立って空っぽの買い物袋を振り回しながら歩いていく途中で、中国の仙人みたいに真っ白いひげをだらりと生やし、ピンクと金の刺繍が入った謎の法衣（ほうい）をまとったド派手な爺さんがスーパーの自動ドアから出てきた。爺さんはポリ袋に入ったミカンを大事そうに抱えてわたしの真横をしずしずと歩いて去っていった。この街にはこういう素性のよくわからない老人がたくさんいたが、今日ばかりはこんな爺さんの格好も祭りの気分に彩りを添えてくれる。

　解体ショーはもう始まっていて、いつもはがらんとしている魚売り場には十数人の見物客が背伸びをして、中央に据え付けられたテーブルで解体されている巨大マグロを固唾を呑んで見守っていた。板前のような格好をした店員のみごとな包丁さばきで、中落ちやトロがすらりすらりと切り落とされていく。ぬらっと赤い身が剥がれていくたび、人だかりから小さなどよめきが上がる。それを合図にしたかのように、店員のハンディマイクからくぐもった声が響いた。さーあ、こちら中落ち、みーんな大好き中落ちですよ。いくらから始めましょうか、まずは５〇〇円から――。仕上がった部位から順番に、見物客向けの競り体験がスタートする。たっぷりの中落ちを７３〇円で手に入れた年配夫婦はうれしそうに売り場から消えていった。めぼしい部位が売れていくとだんだん見物客も飽きてきてひとり、ふたりと消えていき、最後に残った部位は頭肉や目玉のたぐいだった。目玉なんてどうやって食べたらいいかわからなかったけど、煮付けにするとおいしいらしい。目の前のまな板にゴロリと転がるゴルフボール大の虚ろな眼球におののいたのもつかの間、後ろからやってきたおばあさんがひょいと買い上げていった。板の上に残されたマグロの頭蓋はよく磨かれた金属のように光っていて、スタッフが3人がかりで中身を匙で掻き出すと、やがて銀色に光る完璧な空洞ができあがる。ダフト・パンクのヘルメットみたい。触ってみたいと思ったけれど、頭蓋を載せたまな板はあっけなくバックヤードへ消えていってしまった。用が済んだから棄てられてしまうんだろうか。さっきまでの晴れがましいムードはとうに終わり、魚売り場にぼんやりと突っ立っているのはもうわたしだけだった。

　あとから冷蔵ケースに並べられた、にぎりたてのマグロの寿司やトロのパックを一通り眺めてみたけれど、一人暮らしの身で食べるには量が多かったので、あきらめてふた切れ230円のタラの切り身をカゴに入れてその場をあとにした。今夜はこれで適当に鍋でもするかな。レジでわたしの前に並んでいたおじさんのカゴの中に放り込まれた、一人分のパックごはんと、特売になっていたイワシの刺身が目に入る。おじさんの丸い背の後ろ姿が、どうにもわびしげに映った。子どもも若い夫婦も少ないこの街である。小分けにされたできあいの総菜の充実度と比べて、アイスクリームやお菓子の棚があんまり充実していないのは、ここの客層をよく物語っている。

薄暗くなった通りをだらだらと歩いて帰路につく。冬場はとりわけ日没時間も早いし、駅前に比べて街灯も少ないからいやに暗いのだ。冷えた外気を招き入れないように、上着のジッパーを首まで閉める。道すがら、通りの向こうでぼうっと浮かび上がる中華料理屋の薄明かりや、窓の半分開け放たれた民家から漏れ聞こえるラジオの相撲中継や、歩いているとわずかに鼻をかすめる灯油やどこかの家の夕食のにおいなんかがあり、同時にそれらは強烈な憂いを引き連れてきた。言葉にしなかったいくつかの感情が波のように胸のうちに押し寄せてはざあっと引いていき、じぶんの内臓がすっからかんになってしまったような感覚を覚える。こうして不意に自らの内側に出現する空洞のことは、厄介だが決してきらいではなかった。幸福で永遠に満たされるなどということのほうが、よっぽどまがいものだと思う。

夕闇がせまる道を歩きながら、がらんどうになったマグロの頭蓋のことを思い出す。あそこに詰まっていた中身は今夜、この街の人々の血肉となる。やっぱり奮発して寿司でも買って、あのレジでわたしの前にいたおじさんと半分ずつ分けたらよかったかもしれないと、できもしないことを想像した。

いい肉の日

さっきまで読んでいた小説のなかにチキンをまるごとオーブンで焼いたのが出てきて、それがべらぼうにうまそうだったので、今夜はぜったいにチキンを焼いて食べようと決心した。スキップしながら駅前のスーパーまで行くと、なんとびっくり、精肉コーナーでは鶏肉だけが売り切れだった。豚バラ、合い挽き肉、黒毛和牛、ラムにマトンまでお茶の間需要の低そうな肉は山ほど売っているというのに、どういうわけか鶏肉だけが売っていない。売り切れというより、はなっからこの世界に鶏肉なんて存在していないかのようだった。どうして！　そばにいた若い夫婦も困惑している。どうやら今夜はから揚げのつもりだったらしい。困りますよね。ちくしょう。でも今夜はどうしても鶏肉が欲しいのだ。自転車を走らせて駅の反対側のスーパーまで行くと、そこにはたっぷり鶏肉が売られていて安心する。なんだ、あるじゃないか。ただその代わりに、今度は豚肉だけが売り切れだった。

さよなら地下迷宮

［馬喰町］

「強風注意」と書かれた巨大看板の前に立ちつくし、階下からどうどうと吹き付けてくる風を浴びている。大しけの海のようにうねる地下からの風は、そこにいるだけで何かの形をまとっているように思わせた。それは怒りくるった神獣のようにも、あるいはむせび泣く老婆のようにも見えた。

総武線快速の馬喰町（ばくろちょう）駅というのはうんと地下深くにあるので、そのぶん吹き上げてくる風もひときわ強い。地上から潜るとまず待ち構えているのは改札までの長い長い通路。とりわけ急いでいる時なんかに馬喰町駅で乗り換えがあると、もううんざりする。たいした距離ではないはずなのに、走っても走ってもいっこうに改札にたどりつかないんじゃないかと思わせる、すでに魔力を帯びた空間の中にいるのだ。通路の端には「東側への通路←」反対には「西側への通路→」と古めかしい書体で書かれた案内板が掛けられていて、わたしはここに来るたびに、まるで旧共産圏の街にでも迷い込んだ気分になる。

改札をくぐってホームへ続く、これまた長い長いエスカレーターもなかなかのものだった。ちょっと足を滑らせようものなら真っ逆さまに落っこちて間違いなく即死するであろう、恐怖のエスカレーターである。京葉線の東京駅や、千代田線の新御茶ノ水駅、大江戸線の六本木駅のエスカレーターなんかも相当長いと思うが、幅の広さか、人の少なさもあってか馬喰町駅のエスカレーターに乗る時はいつも緊張する。さらにホームに降り立てば、そこにはほとんど地下壕といってもいいような迫力のあるトンネル空間が広がっている。壁面の一部分は化粧板が外れて剝き出しの状態だし、レールの脇からは小便のように地下水がじょろじょろと垂れ流しになっているのだ。水の成分に何か含まれているのか、まだらに変色した壁があるのも気になる。ともかく、地上ではいかにスタイリッシュで最新であるかを是とする東京のど真ん中で、これほどまでに歴史がそのまんま堆積した駅が存在しているというのは愉快だった。汚いだとか、不便だとかではなく、ただひたすらにこの場所が積み重ねてきた時間の雄弁さというものがある。駅自体はそこまで古いものではないようだったが、そう感じるのは地上にほとんど同時代のものすら残されてはいないからだろう。

次の電車が来るまで時間がある時、あの長いエスカレーターの先の踊り場や、風の吹き付けるホームを端から端まで歩いては、据え付けられたプレートや柱の意匠や床の建材を美術館よろしく見物して楽しむ。ひとつだけ注文するならば、ホームにも一台でいいから自販機を設置してくれるとうれしいのだけれど。

そんな具合で馬喰町駅には用がなくても訪れたくなるくらい、ある種の好感を寄せていたのだけれど、どうやらそうでもない部分もあるらしい。先日、馬喰町で乗り換えしたあと、普段使うのとは別の出口を目指していると、途中の通路に真っ赤な三角コーンがみっしりびっしり、異常な間隔で敷き詰められているのを見つけてぎょっとした。あまりに突然現れたものだから、思わず頓狂(とんきょう)な声を上げてしまったくらいである。通路は大人が両手を広げたら左右の壁にタッチできそうなくらいの狭い幅であったが、その狭さに拍車をかけるような勢いで、寸分の隙もなく三角コーンが並んでいる。通路をぐるり囲んだ三角コーンに沿う形で、「片側通行」の看板もあちこちに立っている。これがなかったら、片側通行をするまでもなくもっとスムーズに人同士がすれ違えるんじゃないのと言いたくなった。なにしろ敷き詰められた三角コーンはちょっとやそっとじゃない、地上出口に続く数十メートルの通路全体にあるのだ。人の手で並べられたというより、地面から自然ににょきにょき生えてどうしようもなくなってしまいましたと言われたほうが納得できるくらいの奇妙な光景だった。この通路はずっと前からこうだったらしいが、今までここを通ったことがなかったし、そもそもこんな通路があったことも気がつかなかったのだ。

野生の三角コーンを観察してみると、正面にでかでかと「国土交通省」の文字が印刷されている。どうやら片側通行のためというのは建前で、実際のところは路上生活者がここで寝泊まりをしないための対策のつもりなのかもしれない。いくらなんでも、こんなに気味が悪いほど大量に並べなくたっていいじゃないか。本日も異常なしですとでも言わんばかりにしゃっきりと立つ三角コーンたちから、言外のメッセージを受け取った気になって落ち込む。おいきみ。人の手で据えられたものじゃなく、本当に地面から勝手に生えてきちゃったんだったらよかったのに。ちょっとばかし、いじわるしてやれ。衛兵のように正面をきっちり向いた「国土交通省」の文字を隠すように、そばに生えていた三角コーンを持ち上げてひとつだけ裏返してみる。こう見えて、けっこう重たい。これを何十個もずらずら並べたどこかの誰かさんのことを考えたら複雑な気持ちになってきたけれども、どうせ誰にも咎（とが）められはしないだろう。心の中で舌を出しながら階段をかけのぼり、ちっぽけな迷宮を抜け出した。

片側通行に
ご協力ください

(not) lost in translation

［渋　谷］

渋谷のスターバックスは8月だというのにそこだけが氷河期のように凍り付いていた。アイスとケーキの中間のような冷えた飲み物を注文したものだから、わたしは尻半分くらいしか載せられない小さな椅子に腰掛けて、隅の方でぶるぶる震えながらストローに口をつけ、半分ほど残して立ち上がった。入った時には暑くてつい頼んでしまったが、とてもじゃないけど飲みきれない。注文の品を間違えた。外の暑さと比べて室内の温度は下がっていく。席を立ってまた外に出れば、この寒さなど忘れてきっとまた汗をかくだろう。夏場はこの繰り返しで毎度体調を崩す。年を追うごとに変容していくこの星の気候をすこしずつあきらめながら都市は回転を続ける。きっと紙製ストローでは救えない。くちびるに貼り付くふやけた筒を指で押しつぶす。隣の席では外国人観光客が水着のような格好でベンティサイズのアイスラテをごくりごくりとやっていた。汗ばんだ喉元があらわになって、思わず目をそらす。とにかく寒すぎておかしくなりそうだった。

ずいぶん前だが、ニューヨークへ遊びに行った夏もこれと近しい状況があったことを思い出した。ポート・オーソリティへ向かう巨大なバスの中も、マンハッタンの食料品店も、骨まできんきんに冷やされていくような空間で、厚手の羽織のボタン全部を裾から首元までぴっちり閉じて我が身を抱きしめながらぶるぶる震えているのはわたしくらいだった。わたしと、ここに暮らす彼らのほとんどとはまるで身体のつくりが違うのだと思い知らされた。言葉もおぼつかず、高揚感はあった反面、滞在中はずっと不安でもあった。すれ違いざまに、12、3歳くらいの男の子がわたしをじろじろ見てきたかと思えばフンと鼻で笑われたり、地下鉄の通路ではアコーディオン弾きにニイハオシェイシェイと茶化されたりした。彼らの行為にはおそらく特に深い意味などなく、わたしの考えすぎだったのかもしれないし、別の場所ではそれを上回るほどに親切にしてくれた人たちもいたけれど、紙の端で指先を切ったようなちりりとした痛みのことは今でも忘れられない。おなじ外国でも台湾や香港のほうがずいぶん居心地よかったように感じたのは、距離や言葉や食文化の近さがそうさせるというだけでなく、単に道行く他人から、見た目で何らかのジャッジをされる確率がうんと低いからだと思ったのだった。香港の女人街（ノイヤンガイ）の露店で店主に唆されていた欧米系の観光客は、確かにあの時やけに目立って見えたし、そしてどこか所在なさげな顔つきをしていた。

　本当に必要なものを見失いそうになるほど広いマンハッタンの食料品店は、見渡しても外国人ばかり。否、ここではわたしのほうが外国人なのであった。それでもサラダボウルのこの街では、もはやそんな区分すら存在しないのかもしれなかった。あなたとわたしの境界は一体どこにあるのだろう。肌の色が同じであること。言葉が通じるということ。朝に目覚めて夜に眠る習慣を持つこと。そのどれもが正解でも不正解でもないように思えた。ばかでかい冷凍ケースの中で、真空パウチされたかちこちの鶏肉にふと視線がいく。首と内臓をうしなえば元の形はわからないようになっている。寒いよね。おみやげ用のマッケンチーズを数箱抱えて足早にレジへ進む途中、じぶんと似たような背格好の、カーディガンのボタン全部を裾から首元までぴっちり閉じたアジア系の女性とすれ違う。寒いわねと言うようにアイコンタクトを交わしたあの瞬間にだけ生まれたささやかな連帯感。あの女性はたぶん旅行者ではなくて、この街で生活を営んでいるようだった。南極調査隊じゃあるまいに、ニューヨークまで来て寒さに身体を慣らさなくっちゃいけないなんて想像できただろうか？

渋谷のコーヒーショップでマンハッタンの食料品店のことを思うだなんて、なんだか谷川俊太郎の詩みたいだ。すっかり冷え切った身体をあたためるように青山通りをだらだらと歩けば汗は出るしお腹も空いてきた。環境に呼応する正常な反応。北青山のケンタッキーに立ち寄って、フライドチキンをテイクアウトする。あんまりそうは見えないのだけど、北青山店は実のところ現存する日本最古のケンタッキーらしい。最古といったって、70年代のことであるからたいして昔というほどでもないのかもしれないが。ちょっと前まで道玄坂や公園通りにもケンタッキーってあったよなと思い出す。近くを歩いていたけれども、そういえば見かけなかった。渋谷の変化についていけなくなってずいぶん経つ。お客様と呼ばれてオリジナルチキンの詰められたボックスを受け取る。これは正しく翻訳された食べ物と言えるのだろうか？　深い意味になんて囚われるなよと誰かが言う。それはマンハッタンですれ違った少年であり、アコーディオン弾きであり、食料品店の女性でもあった。いや、チキンはおいしく食べるんだけど。レシートをふと眺めていると、今しがた注文したチキンの生産地が書かれていることにはじめて気がついた。【本日の生産地　新潟】。案外国産だったことにすこしおどろく。親しみやすいチキン。

表参道からするりと地下にもぐりこんで半蔵門線に乗り込む。車両の隅の一席に腰掛けると、だんだん汗が引いてくるのがわかった。外のじりじりと焼かれるような暑さと打って変わって、人工的な冷気が支配する地下鉄の車内はシェルターのようだった。このぶんでは間もなく半蔵門線も氷河期に変わってしまいそう。ふと、一度解凍した鶏肉をふたたび冷凍するのはご法度だよなと思う。もうわたしの肉体はおいしく食べられはしないだろう。

列車はほどほどに混雑していて、青山一丁目駅からぞろぞろと乗り込んできた外国人観光客のうち、ひとりがわたしの頭上にある荷棚へバックパックをどっかりと置く。中年くらいの女性に見えたが、顔立ちから国籍を推測することはできなかった。ところがそのバックパックの底はずいぶん汚れていたようで、なんとわたしの頭上に、そこから落ちてきた砂粒だとか繊維のくずだとかがぱらぱらと降りかかってくる。えっ、と思ってじぶんの膝を見ると、はいていた黒いズボンに形成される点々とした砂粒の宇宙！

いやいや、おいおい。勘弁してくれ、と女性を見やると、彼女はあとからやってきた息子らしき小さな男の子を、それはそれは愛情たっぷりにぎゅうと抱きしめている最中だった。頬ずりをされた男の子は窮屈そうに、でも屈託なく笑っているものだから、一瞬わきあがった腹立たしい気持ちは途端にどこかへ飛んでいってしまった。マナーの悪い外国人だと思ってしまったのだ。そのことがひどく恥ずかしくなった。じぶんにとっていやなことをされたとしても、それは相手自身が悪人である証明にはならないし、逆もまた然りであった。この国はきっとまだまだ不寛容だろう。こんな時、あなたのバックパックは汚れていますよと簡潔に伝えられる共通言語——翻訳を介さない、唯一無二の——があったなら便利かもしれないけれど、仮にそうしたバベルの塔のような均質さが存在していたとしたら、それがほかに何を引き起こすのかまではうまく想像できなかった。

列車はおかまいなしに暗闇をごっとりごっとりと進んでいく。しばらく乗っているうち、やがてさりげなくズボンの砂粒を払うわたしのささやかな動作に気がついたさっきの女性が、はっとしたようにわたしのほうを向き、荷棚のバックパックをあわてて下ろすと、眉を思い切り下げて申し訳なさそうなジェスチャーをしてきた。やってきた時と同様の豪快さでばしんばしんとバックパックの底をはたくものだから思わず失笑してしまう。ソー・ソーリィ。傍にいた男の子が、まんまるい目でわたしを見ている。相手から気がついてくれるとは思わなくて言葉に詰まってしまったが、ぜーんぜん気にしていないよということだけは精一杯伝えたくて、大げさに肩をすくめてみせる。

セントラル 6F
6F
セントラル カードローン
アコム
アコム 5F
衣笠眼科 ☎03-5464-1788
シティホーム
賃貸
3F
シティホーム
CityHome
Shibuya Center
衣笠眼科
2F 中央コンタクト
シティホーム CityHome
アプリローン
PROMISE
6F
カラオケ
BIG ECHO
7F CINEMA
9F CINEMA
渋谷 TOEI
SHIBUYA TOEI

みずほ証券
みずほ信託銀行
みずほ銀行
MIZUHO
MIZUHO
DHC
DHC
XYLITOL

見えざる眼

［秋葉原］

秋葉原に来るとなんだか強気になれる。いい買い物をしてやるぞうという気概がわいてくるのだ。この街にあふれるのはアニメ看板とメイドカフェばかりではない。最新家電からゲーム、テープレコーダー、中古スマホ、電動歯ぶらし、大人のおもちゃ、その他用途不明の電子部品もろもろまで、電子まわりの欲しいものは一揃いする。歩き疲れたらミルクスタンドにうどん屋にファミレスにちょいと気の利いた居酒屋だってある。電気街をメインストリートに、いくつもの路地が入り組んだここはちょっとした魔窟だ。

かくいうわたしの手持ちの電子機器もだいたい秋葉原を練り歩いて揃えたものであ

る。iPhoneは電気街の路地裏の中古ショップで手に入れたA級の美品だし、今これを書いているパソコンだって、かつて電気街口の目の前にあったヤマダ電機のパソコン館でめちゃくちゃな値引きをしてもらったものだ。昭和通り口のヨドバシカメラではびた一文もまけてくれずにしょげていたところ、ヤマダ電機のサロスさんという外国人スタッフがものすごい速さで電卓を打ってあっさりと値引きをしてくれた思い出深い買い物である。ヨドバシはポイント還元しかしてくれない。現金値引き交渉するならヤマダ電機、という家電マニアの鉄板常識を学んだのはあそこだった。愛用のゲーム機の中でも特に気に入っているゲームボーイミクロのファミコンカラー版も、友だちが持っているのをうらやましくなって、大人になってから電気街の専門ショップを何軒も回ってようやく見つけた掘り出し物だ。充電器付き9○○○円で手に入れたそのゲーム機は、ネットオークションではプレミアがついて5万円くらいの値段に跳ね上がっているらしい。

いまどき必要なものは手元の端末をちょちょいといじればたいてい手に入れることができるけれども、街をくまなく歩いて探し回ったり交渉したりして、気に入ったものや欲しいものを安く買うというRPG的な経験ができるのは秋葉原のいいところだと思っている。趣味はなんですかと問われたら、買い物と答えるかもしれない。類似品を見比べてああでもないこうでもないと吟味するのが楽しいし、またそこに並ぶ商品のほうからも、こちらが持ち主にふさわしいかどうか品定めされている気分になる。そこには単なる金銭の交換をこえた、物言わぬ対峙がある。それにネットで注文したものを待っている時間は、そわそわしてあまり好きじゃないのだ。買ったものはすぐさまばりばり包みを剥がして手に取りたい。まさに即物的。わたしの部屋には、要りもしないのに買った謎の雑貨が所狭しと並んでいる。役に立たないものばかりある、この部屋のことは気に入っていた。じぶんの痕跡を生活の場に蓄積していくことはなんだか大事な気がするのだ。アクション映画で胸ポケットに入れていたシガレット・ケースやコインが銃弾を跳ね返すように、なにげなく蒐集（しゅうしゅう）した物たちが未来のじぶんを救うこともあるかもしれない。そう言い訳をしながらジャンク品のゲームソフトを物色する。どう考えても『とっとこハム太郎3　ラブラブ大冒険でちゅ』が直接的に役立つとは思えなかったが、まあいいのだ。ちなみに『とっとこハム太郎3　ラブラブ大冒険でちゅ』は、ゲームボーイアドバンスの最高傑作とも名高い神ゲーであるので買っておいて損はない。

秋葉原駅の周りはすっかり近代的で新しいものばかりだが、その清潔さを押しのけるようにして、電気街の路地の向こうには異界が広がっている。居抜きの物件にさらに居抜きで無理矢理こしらえたようなあやしいタピオカ屋、日本語の値札がほとんど見当たらない路地裏の携帯ショップ、地下食堂街、何が当たるか書かれていないガチャガチャの機械。1メートル間隔でけだるげにコンカフェの客引きをする少女たちは、勤務が終わると、AKB48劇場のあるビルのドン・キホーテで連れだってお菓子を買っているのをときどき見かける。この街はずいぶん変わったと人は言うけれど、さらにその昔はここに青果市場があったというのだから冗談みたいだ。そのうちここに電気街があったことも冗談みたいに思われるだろう。

秋葉原で好きな場所といえば、今ではけっこう有名になってしまったが『肉の万世』の裏にある奇怪な自販機コーナーである。自販機はそこに何台もあるのだが、普通のジュースやコーヒーを売っている筐体（きょうたい）はひとつもない。ともかくそこらじゅうにコピー用紙の印字やテプラに書かれた圧の強い「怪文書」がびっしりと貼られている、千代田区でもっともあやしいスポットである。自販機には桃の缶詰やらカブトムシのおもちゃやらいろいろな物が突っ込まれているのだが、有名なのは、怪文書の書かれたコピー用紙で正方形の箱がくるまれた通称「お菓子付き怪文書」である。ここをはじめて訪れた時に、おもしろ半分で買ってみたことがあるけれど、包みには筆者の知り合いのインド人・チャドがいかに金と女にだらしないかということがキツめの下ネタを交えて延々と書かれていた。しかも全然おもしろくない。心の底からどうでもいいものを手に入れてしまった。心の底から……。ちなみに箱の中身は「たべっ子どうぶつ」だった。わりとセンスのいい読み物が入っている時もあるようだが、個人的にはハズレを引いたらしい。これに490円も払ってしまったことにはさすがにかなり後悔したが、言ってみればわたしのやっているネットプリントマガジンだってこれと同じである。うまく書けない時だってあるよな、と考えるとなんだか仲間意識が芽生えてきた。自販機、一台でいいからフランチャイズとしてわたしに譲ってくれないだろうか。

それ以来秋葉原を通る時はこの自販機コーナーをときどき観察するようにしているのだが、ラインナップも変わるし掃除もされているので、オーナーが定期的にメンテナンスしているんだろう。メンテナンスの苦労と比較して、飲み物のほとんど売っていない自販機で儲けが出るとは到底思えないし、オーナーの目的は依然として謎のままだけれど。余談だが、わたしはこの自販機とかぎりなく似た雰囲気のポップコーン自販機を、北千住のコインパーキングでも見かけたことがあった。筐体にべたべたと貼られたテプラの饒舌で奇っ怪な文体は、ほぼ間違いなく秋葉原の怪自販機のオーナーと同じ人物だと思う。ビッグ・ブラザー気取りのあなたが自販機コーナーにくくりつけたカメラからわたしたちを観測しているように、わたしもあなたの痕跡をちゃんと見つけていますよ。

といった具合におかしな物ばかりある秋葉原は、そこらじゅうに貼られているステッカーもちょっと変わったものが多い気がする。ステッカーや落書きというのは、ひとたび見慣れてしまうと風景の一部として認識してしまうようになるために普段意識することはあまりないが、注目してみると実にいろいろな種類がある。２０００年代前半ごろ、顔面の分裂した相撲力士が描かれた薄気味悪い「力士シール」というのが街のあちこちで目撃され、そのあまりの薄気味悪さに都市伝説として２ちゃんねるのオカルト板で流行ったことがあったが、さすがにこうした類いのものはもう見かけなかった。なにもかも明け透けになったこのご時世では、もう都市伝説は生まれにくいのかもしれない。妖怪だって街が発展したから衰退したのだ。

電柱やどこかの店の室外機など、同じ場所を定期的に観察していると、貼ったり剝がされたり上書きされたりして一定のサイクルでステッカーの顔ぶれも変わってくる。コロナの蔓延当初はマスクをつけた動物のステッカーが多かったし、最近は世界平和を願うメッセージが書かれたものが増えた気がする。街の片隅に、なんとなく世相を反映した一角があるのは不思議な現象だった。個人的に気になっているのは、女の子のイラストが描かれたお札のようなデザインのステッカー。秋葉原のほかにも池袋や渋谷や新宿など大きな駅の周辺でも見かけたことがある。絵柄がかわいくて気になり、いろんな種類があるなあと思っていたのだけれど、どうやら定期的に「新作」が作られていると気付いた時にはうれしくなった。本来は勝手に公共物へステッカーを貼るのは法律違反なのだけれど、でもこれくらい遊びがなくちゃつまらないとも思う。人が集まってこその街である。わたしの住む街にステッカーが少ないのは、そこが都市の周縁部であるからで、大多数にとって集合ではなく帰還のための街だからだ。本来は交わることのないもの同士が音も立てずにうごめく街で、だれかが、あなたが、通りすがりにぺたりと札を貼ってゆく。その瞬間に誕生する無数の視線。いずれ雨風か人の手かで消し去られる、それまでの退屈しのぎだ。わたしの目には、ステッカーとは都市部に許された結界のようなものに映った。

帰り道に信号を待っているあいだ、脇の電信柱に「快樂出門　平安回家」（楽しいお出かけを　無事に帰ってきてね）と中国語で書かれたシンプルなステッカーを見つけた。無事に帰ることができますように。わたしを見つけてくれますように。祈りの形をした小さな紙片は、貼られては剝がされることを延々と繰り返す。夜な夜な新しい結界をはりめぐらせ、街はいっそう強度を増していく。

テールランプの複製

［八重洲］

中央線が東京駅にたどりつく瞬間はいつも、飛行機の不時着みたいだ、と思う。最後尾の扉にもたれかかっていると視界の端にレンガ造りの駅舎がすうっと入ってきて、速度をゆるめた列車はほどなくして動かなくなる。なんとなく中途半端な場所に停められている気がして、わざわざ降車を促されるのを待っているあいだ、ほかの乗客たちは先を急ぐようにして消えていく。

春の大型連休を控えた金曜の晩、駅は浮き足立った人々によってひどく混雑していた。人波が落ち着くのを待ってホームに降りる。と、なぜか目の前にはくたびれた白いランニングシャツに白い短パンを穿（は）いたおじさんが仁王立ちになっていて、「君たちは、支配者のお金を盗んでいる！」と腰に手を当てながら大声で叫んでいた。わたしに向かって言われているのかと思って一瞬たじろいだが、目が合わなかったのでどうやら私信ではなかったようだ。支配者のお金ってなんだろう。税金のことかな。いや、税金はもともと労働者が稼いだお金なんだから、怒られる筋合いなどまるでないのだが……。しかしどう見てもあなただって労働者サイドだろうと言いたくなるような風体のおじさんだったが、もしかして支配者の手先か何かだったのだろうか。スーツケースを抱えた旅行者たちは支配者の手先になど目もくれず、皆先を急いでいるようだった。

　宇宙船の連絡通路みたいにチューブ状に伸びたエスカレーターを降りて、縦横無尽に入り乱れる人をぴょいぴょいと避けながらコンコースを横切る。ちらりと視界に入った新幹線の乗り換え口は連休前夜にふさわしく、荷物やおみやげの紙袋を抱えた人でいっぱいだった。そういえば10年近く前、出張に出かける際の新幹線ホームでアントニオ猪木を見かけたことがある。裾の長いコートにトレードマークのあの赤いマフラーを首に巻いていて、あっ。とその場にいたみんなが思ったのと同時に、すーっと北陸新幹線のグランクラスに乗り込んでいって実にかっこよかったし、猪木たるもの当然グランクラスに座席が用意されていてほしいという期待をまるで裏切らないのもいい。身体もテレビで見るよりはるかにデカい。本物じゃなくて、そっくりさんのコスプレじゃないかと疑いたくなるくらいだった。パブリックイメージに忠実な猪木。元気ですか。プロレスなんて全然詳しくなかったが、猪木の訃報に際してはけっこう残念な気持ちになってしまったくらいである。一度見かけたくらいでミーハーだけど。ちなみについ最近、小山田浩子さんのエッセイにも昔新幹線で猪木を目撃したというエピソードが書かれていておどろいた。東京駅を利用する芸能人なんて山ほどいるに違いないのに、なぜか人の目をひきつけてやまない、一等星としてのアントニオ猪木。ちなみに小山田さんのエッセイによると、猪木は想像よりも小さかったと書かれていた。受け手の印象によって自在に伸び縮みするだなんて、熟練のマジシャンのようではないか。ああかっこいい。

旅行者たちが列をなす、ぴかぴか光るおみやげのお菓子売り場や回転寿司屋のあいだなどをくぐり抜け、排気のにおいで満たされた八重洲口のバスターミナルにたどりつく。夜行バスに乗ったことがないわたしにとって、夜のバスターミナルというのはかぎりなく静謐で、それでいてどこか祝祭的にも思えた。22時半。それぞれの行き先と発車時刻をあらゆる言語で告げるアナウンスを聞きながら、わたしはそこに立ち尽くしていた。暗闇で無数のテールランプが左右に流れていく視界はあいまいで、本当に見つけたかったものを捉えてはくれない。停車場から顔を上げれば、何年経っても飽き足らずに日々スクラップ・アンド・ビルドを繰り返す高層ビル群にじろりと見下ろされた気分になる。向かいにできたばかりの商業施設に目をやると、壁面に設置された薄型の巨大ディスプレイに投影された名も知らぬ女がこちらを向いて微笑んでいた。見下ろしていたのはあなたでしたか。

今ごろになって元からこうでしたよと言わんばかりにうつくしく整地されているが、八重洲はどちらかというと「東京駅のきれいじゃないほう」という印象だった（地権者が細分化していたせいで開発が遅れたと言われているらしいが）。取引先との約束時間まで暇をつぶした八重洲ブックセンターも、上司に連れられて飲みに行った小汚い居酒屋も八重洲にあったはずだが、どうやらもう跡形もなくなってしまったらしい。特別気にかけていたわけでもないからそのことを残念に思ったりはしないけれど、定着していない些細な記憶の数々がすさまじいスピードで上塗りされていく、都市のもつ特有の速度にときどき眩暈（めまい）がしそうになる。東京に長く住む人ほど街や店にまつわる思い出話が次々と飛び出してくるのは、もう自らが語ることでしかその存在を確認できないからだと思う。

乗りもしない、そしてこれからもきっと乗ることはないであろう夜行バスの集合をひとしきり眺めて帰路につく。用もないのに東京駅に寄り道をして、数駅歩いて帰るのがたまの気分転換。

喧騒を離れて大手町は静かに眠る。夜の都心はドーナツの中心にいるみたいで、その寂しさがたまらなく好きだといつかつぶやいた人のことを思い出す。神田橋ジャンクションの下をくぐれば、頭上では首都高を走る車がごうごうと鳴り、足もとを流れる川はゆらめいて鈍いかがやきを放っていた。さっきターミナルで眺めていた夜行バスたちのいくつかは、もしかしたら今もわたしの上を通過していっただろうか。高速道路を移動しながら眠る気分というのはどんなだろう。つめたい座席で夜を明かす想像をしながら歩くうち、じぶんの寝床が恋しくなってくる。瞬いたら溶けてしまいそうな昏いひかりの中で、きっとあなたの夢とかをみる。

あなたはコレオグラファー

地下鉄が終点駅に着くと、その車両は折り返しをせず、そのまま回送になるようだった。ご乗車のみなさまはすみやかにお降りくださいませというご丁寧なアナウンスを片耳で聞きながらいそいそと降りようとすると、隣の車両からずんずん動く何かがやってくる。ずんずん。なんだろう。ホームに片足だけ下ろして動くものの正体をよくよく見ていると、先頭車両からやってきた車掌がダンスのような身のこなしで、忘れ物がないかどうかの点検をしているところだった。上体をひねって網棚の上を。制帽を落とさないよう首を振りながら車窓のへりを。それから足をクロスさせて座席の下を。それが本当に効率的なのかどうかはわからないけど、なんだか楽しそうだった。しなやかな動きはヒップホップのような軽快さと、能のような雅さを兼ね備えていた。制服の裾をひるがえして最後尾の車両へ向かうその後ろ姿を、遠くから見届ける。

あとがき

　これを読んでくださっている２０２４年のあなたに、あるいは10年後、50年後のあなたにもこんにちは。オルタナ旧市街へようこそ。ある種の凡庸さからの脱出といった名目で、でたらめに文章を書き続けて形成されたオルタナ旧市街というサードプレイスが、わたし自身（＝あなた）にとって居心地のいいソファであり続けられたらと願うばかりです。

　起伏には乏しいけれども日常はいつだって愉快で、バスの車窓から一瞬だけ見えた誰かのまばたきや、はじめて見るマンホールの紋様、おろしたてのシャツに不意にこぼしたジュースの染みが消えていくのをちょいと待てよと引き止めてしつこく書き残す、そんなことをただおもしろがっているばかりの毎日。わたしたちは瑣末なことから日々忘れて暮らしている。忘れないと暮らしていけないとも思う。とるにたらない記憶の集積は、きっと何の役にも立っていないだろうけど、どこかで道に迷ったときに時折取り出してやれば、目印代わりにはなるだろう。わたしとあなたの断片をみっともなく増やしていこう。何度でも覚え直せばいいし、何度でも忘れていい。

本書の刊行にあたり、文学フリマからオルタナ旧市街にお越しくださった担当編集の天野さん、原稿を送るたびに一番言ってほしかった言葉をくれるものだから、ずいぶん心の支えになりました。そして見れば見るほど一緒に踊り出したくなるような装画を仕上げてくださったbeco+81さんに、装丁のコバヤシタケシさん、すばらしいチームでした。身にあまる帯文は敬愛する広島のシスター、小山田浩子さんから。そのほか本書に関わってくださったすべての方々に、この場を借りて御礼申し上げます。

本書は 2019 年 5 月から 2024 年 2 月にわたって、私家版やネットプリントで発表した文章を大幅に加筆・修正し、書き下ろしを加えて収録したものです。内容はすべて執筆当時の情報となります。また、写真はすべてオルタナ旧市街で撮影されたものです。

オルタナ旧市街

個人で営む架空の文芸クラブ。２０１９年より、ネットプリントや文学フリマを中心に創作活動を行う。２０２２年に自主制作本『一般』と『往還』を発表。空想と現実を行き来しながら、ささいな記憶の断片を書き残すことを志向している。文芸誌『代わりに読む人』、『小説すばる』、『文學界』などにも寄稿。

踊る幽霊

二〇二四年七月一〇日　第一刷発行

著　者　オルタナ旧市街
発行者　富澤凡子
発行所　柏書房 株式会社
東京都文京区本郷二-一五-一三（〒一一三-〇〇三三）
電話　（〇三）三八三〇-一八九一［営業］
（〇三）三八三〇-一八九四［編集］
装　丁　コバヤシタケシ
装　画　beco+81
組　版　株式会社キャップス
印刷・製本　中央精版印刷株式会社

ISBN 978-4-7601-5566-8